舞勺之年

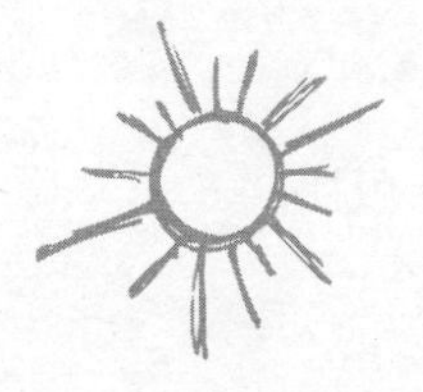

蘅若　著

中国文史出版社

图书在版编目（CIP）数据

舞勺之年 / 蘅若著 . — 北京 : 中国文史出版社，2019. 3

ISBN 978-7-5205-1120-9

Ⅰ . ①舞… Ⅱ . ①蘅… Ⅲ . ①中国文学 - 当代文学 - 作品综合集 Ⅳ . ① I217. 2

中国版本图书馆 CIP 数据核字（2019）第 102371 号

责任编辑：徐玉霞

出版发行：**中国文史出版社**
网　　址：www.chinawenshi.net
社　　址：北京市海淀区西八里庄 69 号院　　邮编：100142
电　　话：010 - 81136606　81136602　81136603（发行部）
传　　真：010 - 81136655
印　　装：廊坊市海涛印刷有限公司
经　　销：全国新华书店
开　　本：32 开
印　　张：6. 625
字　　数：200 千字
版　　次：2019 年 6 月北京第 1 版
印　　次：2019 年 6 月第 1 次印刷
定　　价：39. 00 元

序

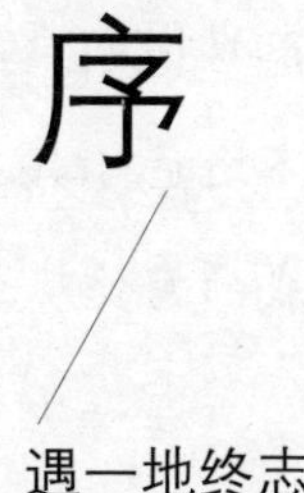

遇一地终志

我可能是最早见到蘅若小友这本书稿的读者之一。此前，曾在“蘅若爱写作”的微信公众号里零零散散地读过一些篇目，已经为小学五年级的孩子有如此强烈的写作兴趣所打动。

待拿到整本打印好的书稿细细品读，慢慢回味，才发现远远超乎想象。一个尚在读小学的小姑娘能写得如此之好，对社会、苦难、命运，能有如此深刻的解读，令人叹服，后生可畏。其文字所蕴含的思想与深度，让人难以相信这是出自一位小学生笔下。虽然有些布局由于缺乏技巧而显得不够成熟，但其字里行间所流露的灵动、轻盈与真挚，又分明让人感受到，这是一种尚未经历过社会的世故、世界的复杂、人世间的百态，从而完好保存的自然与本真。有些文章，并不逊色于我在大学里写作班的学生提交的作品，甚至颠覆了我的写作观念。

在一次非虚构写作创意研讨会上，我见到了这个端坐在旁听席上的小姑娘。一整个下午，四个多小时，小姑娘一直认真地边听边记。令我讶异的是，当天晚上，我们研讨会的官方报道还没出来，“蘅若爱写作”的公众号里已经推送了洋洋数千字的《非虚构的时代》。对与会嘉宾观点的总结与评述，条分缕析；对非虚构写作的理解与心得，娓娓道来。不禁暗自感叹，好一个有才华又勤奋的小姑娘。

忆及我十三岁时，同样热爱着读书与写作，但当时正经历着特殊的年代，对未来的规划完全不能依着个性与喜好，只能在家人谨慎的安排下，选择不会出错的理工科。后来辗转腾挪、几番周折，才终于得以在非虚构写作领域找回自己失去的岁月。

相比之下，今天的蘅若小友是幸运的，能于舞勺之年，即树立自己的梦想，并以文字点燃梦想的引火线，勇敢前行。我将新著《大国粮仓》赠予蘅若小友时，曾在扉页上写下这样一段文字：“写作要有博学、智慧、胆识和感受力，也需要像这些知青似的坚守，遇一地终志。”

愿所有热爱文字、心怀写作梦想的少年，都能像艰苦奋斗的知青们一样，坚守自己的选择，执着耕耘，遇一地终志。

期待蘅若小友不断有新的作品。

朱晓军

2019 年 4 月于杭州

序

最初一念之本心

前段时间检巡边疆文史资料，偶尔得知晚清民初主政新疆十七年的督军、省长杨增新墓就在北京昌平，一直想去看一下，却苦于找不到具体位置。这个五一假期终于机缘巧合在昌平的南沙河边找到了，附近还有座始建于明朝、修缮于民国 9 年的南一村清真寺。从这两处观览出来，走在尘土飞扬的京藏高速边上，忽然闻到一阵馥郁的暗香，回头望去，只见路边高墙上垂下一簇葱茏盛放的粉色蔷薇。恍然意识到春日迟迟，夏日将至。那簇蔷薇让我想起蘅若的书稿《舞勺之年》。

近年来非常繁忙，难有闲情逸致，从事文学研究工作这么多年仿佛一直如此，有时候想一想，这种状态其实是一种异化和吊诡的生活方式——如果文学在这样一个喧嚣、迅疾的年代都无法让人获得自由与徜徉的空间，那还有什么能给我们的心灵以松弛和滋润呢？

我读《舞勺之年》所感到的就是那种久违了的松弛和滋润之感。如书名所示，蘅若是一个处于“舞勺之年”的十三岁少女，这本书可以说是“绝假纯真，最初一念之本心”的产物，灵动、明亮、清新，对世界充满好奇，对人世心怀善念，对未来抱有纯净的期许。这个跟随父母从青弋江边到钱塘江畔的女孩，用自己的眼睛与心灵观察、描摹、记述、思考她所见的人、事、景物与风景、社会与变迁。她的阅历当然不会太广，不过是故乡、校园、有限的旅行与社会实践，然而从中我可以感受到她的敏感、纯良和潜力。在这个易受外界影响的年纪，她有着良好的家庭氛围和教养，这让她对所体验到的世间万物都洋溢着体贴与温情，在其中又不乏天真烂漫的遐想与想象。

《阿尧》和《芒种》两篇写到留守儿童，《岁月》写老人的相濡以沫，这些都是她所没有经历过的，凭着想象，夹杂着虚构的笔法，她构建出了一个共情的氛围，真切而动人。在《真相》和《致敬金大侠》里，她以即目所得的方式表达了对鲁迅和金庸的阅读感受，略显稚嫩却又敞开赤子之心。《致校长》和《一起来拍电影吧》则体现出她敏锐多思的一面，尤为难能可贵。较之大部分尚处于懵懂状态的同龄人，蘅若的描写有着异乎寻常的洗练与准确，抒情没有陷溺到常见的空泛，而具有难得的悲悯，这一切都超出了我的想象和期待。

20 世纪最后几年和 21 世纪初，我们的文学场域中一度出现了青春文学的热潮，那些同龄人写给同龄人的文字风靡一时，之所以能够有如此多的受众，得益于青少年的同情共感。蘅若的年纪比那些青春文学的作者们还要小，回想我自己在这个年纪也曾经做过写作的梦，虽然无疾而终，但留下了美好的回忆。蘅若的作品勾起了我在同样年纪的阅读体验，那是汪国真、席慕蓉、三毛的作品风行的时代，今日看来那些作品可能流于清浅，但恰恰是那种清浅中保留了一个时代天真淳朴的风貌，一种对美好未来的希望、憧憬与信念。

我可能并非《舞勺之年》的理想读者，但蘅若无疑是这本书的理想作者。她带着我重温了自己的童年与少年时光，让我在日益琐碎与狭窄的日常生活中得到一段清纯而温暖的时光。为此，我要感谢她。

蘅若的父亲和母亲都是我研究生时候的同学，我也想向他们表达我的敬意，他们将书稿发给我，希望我写一个序言，其实也是给了我一个机会学习如何与孩子一起成长，如何给孩子提供最佳的保护和开放的学习环境。我想，通过蘅若的笔，我们也同样都得以重回初心，温习了那曾经在江南度过的美好时光。这也是此书的意义，它不仅仅是小朋友的读物，也同样可以让父母辈回顾自己曾经走过的光阴。

匆匆着笔，言不尽意，读者自可从中寻觅自己的所得。

是为序。

刘大先

2019年5月4日于北京

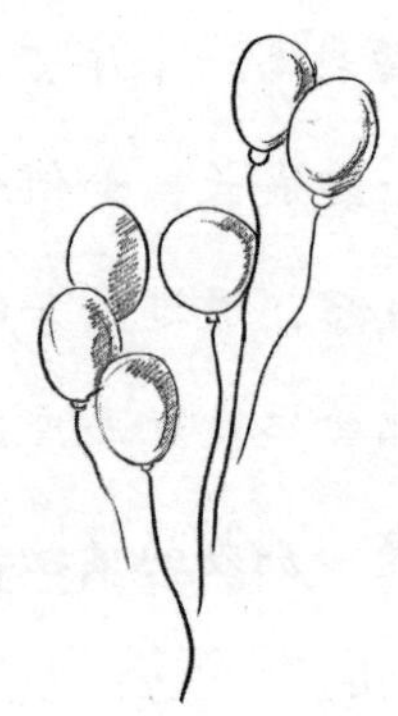

目录

CONTENTS

第二辑　第二乐章

第三辑　萤

第四辑　地心引力

引言

所有梦想，都不是靠自己闭眼凝神就可以获得追梦之旅启程的勇气。像烟花要点燃引火线才能亮丽到照亮夜空，梦想，也是有引火线的。

梦想的引火线，变幻无穷。

或一件事，或一个人，或一样事物……

这里，是六年级女孩蘅若梦想开始的地方。

第一辑

回家，回家

总有一扇门

几盏灯

屋檐下熟悉的身影

值得你翻越千山万水

回家

回家

……

回家，回家

总有一扇门，几盏灯，屋檐下熟悉的身影，值得你翻越千山万水，回家，回家……

——题记

本觉不多的半个月行李，竟也收了几大箱，再依依不舍地放弃些，便过了不知多久了。

满脑子都是爷爷奶奶慈祥而急切盼孩子归来的脸庞，那种焦急的盼，也不觉遍布我心了，于是心不在焉地度过临出发的一天。

终于踏上了已烂熟于心的归家之路。

阴天，仍不算暖和。但思乡情切涌生的暖意却装满了心坎。

路上那人山人海熙熙攘攘，一下子成了虚幻的背景一般，

我兀自沉浸在自己的世界。

视线里落进一个民工模样的人，弓着背走来，两手分提一个让人觉得即将碎裂的劣质涂料桶及一个破烂的旅行箱，背上压着一个灰溜溜的麻袋。他似乎累了，涂料桶顺势一放，成了小板凳，他坦然地坐下了。休息片刻便又起身，因为回家的路依然漫长。

入站前的检票处，两个武警的身影在茫茫人海中岿然不动，两张英俊的脸庞威严深处，亦透出一丝不易察觉的盼。那四只深邃的瞳孔里，倒映出家人忧而慈的影，故乡老而亲的像……

直到上火车，我才从这两幅画面中抽离出来。火车风驰电掣地奔赴着远方的目标，一下子觉得自己真的好幸福。音乐曼妙，窗外山乡村野风光旖旎，不时有矮小精巧的农舍掠过，时间也就此飞过。

不一会儿就到了故乡的火车站，站台虽焕然一新了，广告牌上，却仍是家乡的味道。

拎起行李箱头也不抬地向外走，知道路口一定会有出租车在耐心等待着。说出那个熟悉的地名，司机便很熟络地答应，用乡言流利地向你问这问那，你不会拒绝，而是满脸真诚地笑，用同样的语言回答他，仿佛本是一家。不知不觉就近黄昏了，

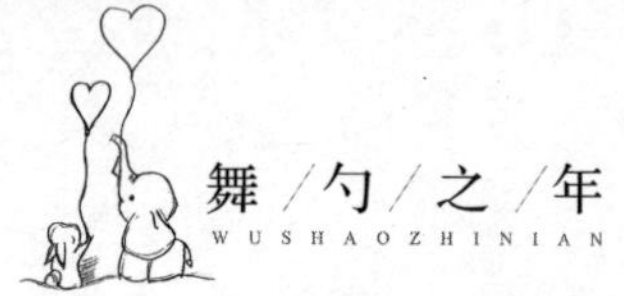

天黑得早，路边的霓虹灯次第地亮起，很多都不约而同地换成了春联灯笼专卖。那一条条蜿蜒曲折的小马路，在夜色下竟有一种莫名的温柔，不知怎的，似乎要比大城市里的整齐划一的宽阔多一些情味。

街边花花绿绿的招牌下，人虽不多，也够热闹了。

还是那条熟悉的道路，远处的景物已不尽相同。

记忆中，有一座长桥，连接着城南城北——中山桥。上面立着彩虹似的霓虹灯，勾起过我的许多幻想。那是整个故乡的美好记忆。旧桥已经拆去，幸运的是，春天到来，它就会重新回到记忆中，再次成为一个美好的梦。

转望街角，望见一个熟悉的名字——老奶奶牛肉面。大概从我出生它就在那儿了。很小很小的时候，记忆里就有了它。爸爸妈妈最爱的故乡风味，也就是它了。这里人口味偏辣，这家店的口味更是辣得毫不客气，一大碗装满了，汤汤水水里净是近乎肆虐的辣。

它辣得不仅美味，还恰到好处。既不会让人不敢吃第二口，又不会淡到一整碗吞下肚也觉得不够滋味。再佐上虾酱，配一碗赤豆酒酿，那便是一种足以令人难忘的味。那么朴实无华，却又那么情深义重，能让爸爸妈妈回味至今的，也许就是如此了。

我们终于驶过拥挤悠长的街道，进了熟悉的小区。还是那座看似高科技的刷卡进门机，还是大敞着，还是那条小河，还是嘎吱响的木桥，还是那一座座天鹅雕塑，还是那副悠闲的模样。

十几天前下的雪，路旁居然还是一层厚厚的白，像我浓郁的乡情，难以融化……

Author's Notes

这篇文章是在寒假坐高铁回老家时生出的对故乡的感悟。记得小时，我是没有这样的感悟的。最早的时候，我还不知道什么是“离开家乡”。第一次举家迁往杭州的我，没有不舍，甚至瞬间被新家门前临时的淘气堡给收买了。但我并不是不怀念家乡。折腾半天把家具弄齐整后，我望着渐沉的天色，对妈妈说。

“我们回家吧！”

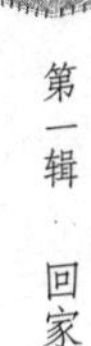

我怎么会知道，就从那时起，家，就成了故乡。

阿尧

一

平静的江南村庄，斑驳的青瓦白墙，房中，阿尧在写作业。

那一行行洁净整齐的字，让人惊异这竟出自一名留守儿童之手。妈妈为生计远去外地打工。留下的，只有时常与外婆在农田里站着的，这个懵懂的孩子。阿尧和外婆相依为命，与妈妈只能年三十才得以碰面。此时，他正专心致志地在窗前学习。

阿尧的外婆靠售卖自制的香菜来养活祖孙俩。这里的香菜并非芫荽，而是一种江南人家熟悉的时令小菜，采用初冬新上市的高秆白菜为原料，腌制而成。

阿尧写完满满一页，放下劣质的水笔，松了口气。他望向窗外。

那里，有个辛劳微驼的身影。他知道，因为母亲远在千山万水之外，那个身影是他唯一的靠仰。每年自初冬时节开始，阿尧便看着外婆在窗外的院子里，将新收的白菜一棵棵洗净，在阳光下晒透，再一刀刀切成细丝，加上自家特制的调味料，浇上菜籽油，用力调拌。

此刻，她正吃力却熟练地用两只满是老茧的手拌着一缸缸香菜，虽说是寒风瑟瑟，背上也湿透了。过了一会儿，她仿佛实在吃不消了，把两只筋疲力尽的老手撑在瓷缸上，呼出一口口浓浓的白气。

休息片刻，她用汗津津的肩膀挑起两只装满香菜的木桶。

于是，一阵阵苍老的吆喝声由近及远。“卖——香菜喽！香——菜嘞！”

阿尧很仔细地听着，他喜欢外婆的吆喝，虽然带着疲惫，却自然有着一种安心和悠扬，像是老电影里传出来的不散的旋律。这吆喝声是他孤寂童年的背景音乐，一声又一声，绵长深远地盘旋着。

每天，外婆蹒跚的身影穿过高高的芦苇荡，那个微驼的身躯在田地里一瘸一拐着，不一会儿就有人围了过去：外婆的香菜在村里是出了名的，家家户户都知晓。

一阵冷风吹来，那扇木窗发出嘎吱的声响，阿尧望着窗外空落落的院子，自言自语着些什么。他习惯了封闭在自己那个小世界里，虽孤寂至少不会心碎，因为脱离出那个小小的美好，就会有思念疯狂涌上来。阿尧经常这样，总是自顾自地说着，说着那些自觉挺好玩的事，脸上时不时仍会闪过一丝不明显的忧郁。他总是望着那个有回忆的方向，总是奢望着，下一秒，能够见着妈妈，永远不再分开。

这一天，已是除夕。

这一年，妈妈说过年要加班，就不回家了。

他想着，上个年三十后的初一，妈妈被窝都没焐热，就连夜赶回去工作了。那是个下雪的年三十，他幸福地笑着，和妈妈一起堆了一个挺漂亮的雪人，他将那个雪人牢牢记在心里。妈妈走后，他又去看了它，可雪人已经不在了。

窗前的阿尧满腹心事地望着院子里的那一小块空地，那是一个站过雪人的记忆角落。他知道，那个角落有过一个笑容灿烂的雪人。它想必也和它的家人团聚了罢。

“卖——香菜喽！香——菜嘞！”

外婆的吆喝在田间荡漾开来，一个憔悴却执着的身影穿过了高高的芦苇荡。

他知道那是外婆归来的身影，而他的心，越过远处的芦苇荡，越过芦苇荡外的青山，越过天际即将消失的流云，盼望着那个熟悉又陌生的身影，能出现在地平线的那一头，陪他一会儿，多陪他一会儿……

二

“离婚。”

妈妈的声音有些颤抖，但是极其坚决。似乎仍然柔和，却又寒冷刺骨。

“你有什么权利和我说离婚？不离！”

爸爸仍然如平常一样满身酒气，醉醺醺的样子。妈妈在他的眼里似乎什么都不是，他根本不会去耐心地好好倾听妈妈的话。

“好。你不答应，我们就法庭上见。”

“你敢？”

爸爸忽然起立了。用威胁的目光看着妈妈。

“你到底欠了多少债？我们会帮你还一点的。”

外婆再也忍不住了。她的眼神是气愤的，但声音比妈妈更加冷静。

“嗯——？好啊，我只要……”

……

“好，给就给！这婚，我们离定了！”

爸爸立刻大步走到妈妈身边，丝毫不顾妈妈的恐惧与抵抗："走，去民政局！"

爸爸那天签字格外爽快。他们当天就拿到了离婚证。从那天以后，阿尧再也没有见过爸爸。

以前，爸爸是江北人，妈妈是江南人。爸爸和叔叔婶婶来江南这个芦苇湾寻生，与要把香菜运到镇上的妈妈相遇，二人一见钟情。当时的外公就极反对他们在一起。可是妈妈已经把魂都给了这个正值青春年华的小伙，就这样妈妈和爸爸有了阿尧。外公无奈才默许了他们在一起。结婚以后他们就离开了这里，去了郊外一个名为火龙镇的小地方，有了自己的家。阿尧出生了，爸爸的肩膀上从此有了一个小小的身影。他们一直幸福快乐着，也希望彼此就这样幸福快乐下去。

因为生计困难，他们开了一个游戏厅。于是噩运，或有意或无意地降临在这个不幸的家庭。爸爸在游戏厅里喝酒，渐渐喝成了一个醉鬼。

后来阿尧就记事了，妈妈想尽办法把阿尧送到当地的学校去读书。

那段日子，每天阿尧回到家，都能看见遍地的绿色啤酒瓶横七竖八地叮当作响。家里没有一束光，从被阿尧推开的门中溜进来的那几束就显得格外刺眼。光涣散在啤酒瓶上，反射，让阿尧看清了空荡荡的屋子，看清了空荡荡的房间，沙发和床。妈妈总是尽力地掩盖住被瓶子砸出的淤青与伤痕，强笑着跟阿尧说话。在阿尧的心里，妈妈永远是最坚强和美丽的人。晚上阿尧入睡以后，很深很深的夜里，被月光照得惨白的夜里，门会被一脚踹开，家中的酒瓶一个接一个碰撞、滚动……

“砰！”

那是爸爸把装着酒的瓶子放到桌面上的声音。

随即就是粗鲁的“咕嘟咕嘟”声，漫长的一瓶酒的速度。妈妈的脚步以极慢的速度小心地从房间走出去。

“酒钱用完了，给钱！”

沙哑的声音粗暴而野蛮地响起。在小小的黑暗的屋子中回响着。

“真的没钱了……阿尧还有学费要交……”

“没钱？！”

那是一种极具危险性的口吻，让人明确地感觉到一种暴风雨的压力。阿尧再没法忍住，凑到房门缝里张望着。昏暗的灯中唯一相映着静夜，他看到一双布着血丝的眼睛像狼那样可怖，妈妈微微颤抖着，站在一边。

似乎过了很久，爸爸已经得到他想要的东西，听到啤酒瓶坠落的声音，听到门被关上的“砰”的一声，夜又逐渐恢

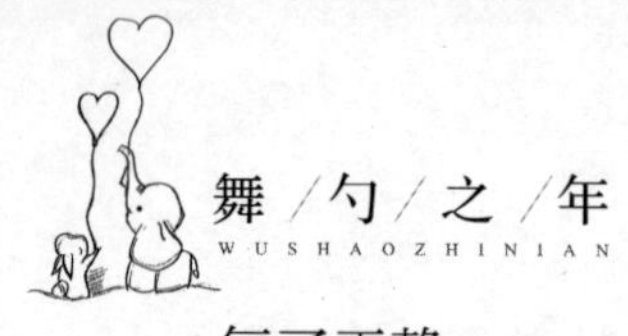

复了平静。

“不……不是这样的……本来不是这样的啊……”妈妈柔弱的声音抽噎地传到阿尧的耳朵里，那时候的阿尧尚且什么都不懂吧，可是这一切，给阿尧心里留下了深深的印记……

再后来，爸爸有时仍会发酒疯，可是更多的便是门口忽然传来一阵阵吵闹。

“阿尧！快！躲到衣橱里去！”

妈妈会这样轻轻地和阿尧说。然后阿尧就尽量不发出声响地钻进衣橱事先预留的空柜子，和妈妈一起躲起来。然后爸爸也会慌慌张张地跑过来，三个人就这样无声无息地蜷缩成一团，仿佛一家人唯一的团聚时刻。阿尧总是瑟瑟发抖，不知是惊恐还是寒冷。

“还钱！”

“你个欠债东西！快点把钱还给我！”

“欠债鬼，不得好死！”

外面的声音很模糊，时不时很遥远地会传来一阵呼喊，嘈杂、喧嚣。

时间会忽然变得很慢，可是三个人在深深夜色中的衣橱却毫无睡意。也许光明终会降临，第二天，他们就会搬家，到下一个地方躲起来，逃避这一切。

“乖阿尧！来，喝一口！”

爸爸仍然一副醉醺醺的模样，心情却很好的样子。大概是三天没有人找到这里的原因吧。他正拿着一瓶烈酒，朝阿尧递过去。

阿尧颤抖着，一言不发地看着爸爸及他手上那瓶散发着浓烈酒精味的酒。妈妈告诉过他，爸爸就是被这个东西毁掉的。他不能喝这种让妈妈伤心的东西。妈妈出去了，家里剩下爸爸和阿尧。

“阿尧！喝呀！”

爸爸的口气明显不耐烦了，又朝阿尧步步紧逼过来。

“吱呀——”

门被打开了，妈妈回来了。妈妈看到这样的阿尧，顿时心头一紧。她奔过去护住阿尧，推开爸爸。

“砰！”

“你……！”

爸爸看起来又是极度生气的样子。那瓶酒被他甩在桌板上砸开，拿着半个锋利的瓶子对着妈妈。

妈妈的眼神毫无怨言，那是一种冷淡的感觉。她推开旁边的阿尧，示意他回房间去。

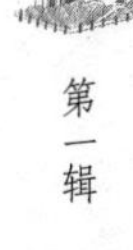

“嘭！”

玻璃瓶狠狠砸在妈妈身上。

妈妈没有一点呻吟，只是用眼睛瞪着爸爸。那眼神流露寒光，没有一点感情。阿尧听着声音，心里只是想着，他要做一个真正的男人，一个不让妈妈伤心的男子汉……他不能哭！

外面的声音不断，小小的黑暗的房子里，只有冷冰冰的敲打的声音，一声，一声，像敲打在阿尧的心上。他能想到爸爸的神情，妈妈的神情；扭曲而破碎的现实，残酷地笼罩着这个小男孩尚且脆弱的心。

小男孩在爸爸妈妈离婚以后,与妈妈一同回到了芦苇湾。回来以后的小男孩渐渐地成长着，在这个平静的江南乡村，他开始感受到了一点悠闲自在的童年。

春夏交接时的芦苇湾，有点热了起来。

阿尧换短袖了，外婆也换短袖了。阿尧想着，妈妈应该也换短袖了。可是妈妈去了北边。老师说过，北边的天气比这边冷。那妈妈要是换了短袖，会不会着凉呢？可是阿尧没去过妈妈在的地方。也许妈妈在的地方也不怎么冷了，他也说不清。

明天就是阿尧生日啦。阿尧知道，他爸爸是喝酒的，肯定来不了。以前阿尧也问过爸爸的事，外婆总是一带而过。要不说“你没有爸爸”，但是阿尧知道他有爸爸的，他记得那个男人；要不就说“你爸爸那个欠债鬼？连讨债的人都找不到，你怎么可能知道他在哪里啊？就算在，也早被讨债的打死了吧”。那妈妈呢？明天可是他的十周岁生日，妈妈会不会回来，阿尧不知道。但是阿尧知道，十周岁生日是很重要的日子。芦苇湾里的其他孩子的十周岁生日都有坐满人的大厅与隆重的惊喜。阿尧没有见过坐满人的大厅，他也没有那么隆重的生日。那外婆和妈妈会给他办一个吗？那么隆重的生日，妈妈一定会回来啦。可是妈妈那边要是还在穿长袖，那过来又得穿短袖，会不会着凉呢？阿尧觉得着凉感冒是不好受的，妈妈肯定也不喜欢着凉感冒。那要不妈妈就别回来了，免得难受。可是他好想妈妈。妈妈不回来，他的生日再隆重也不好玩了，妈妈一定要回来才好。对啦，有个办法。大家说，生日的时候对着蜡烛蛋糕许愿很有效的。他就许“让妈妈不要感冒，不要难受”，妈妈就不会感冒啦。这样，他就可以让妈妈好好回来了。

阿尧躺在又冒起青葱色的绿草地上，嚼着草根想着，轻轻地、甜甜地笑了。

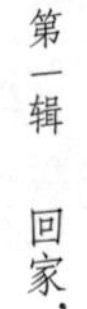

三

叮铃铃……

外婆手机的铃声悠悠响了。外婆从厨房奔出来，生怕错过妈妈的电话。在围裙上抹了抹水渍油污，粗糙的带着香菜味道的手一把摁在“接通”的绿色按键上。

“喂！”

外婆急切又有点喜悦的声音传过长长的电话线，传到电话那头。可是电话那头听到这个声音的，不是妈妈，也不是爸爸，是白色的医院。

医院是白色的。纯白的。白得让人害怕。每当人们听见医院护士委婉的声音，他们的脸色也会随之苍白。今天，外婆也听到了这个声音。

外婆瘫倒在椅子上。

阿尧正要问外婆自己生日的事，匆匆地，撒着欢儿回了家。

阿尧回到家里，没有生日的气氛。他看到瘫倒在破帆布躺椅上的外婆。

“阿尧啊，你爸爸走了。”

外婆看见阿尧，转过了头。

轻轻的一句话，改变阿尧命运的一句话。

“我爸爸……不一直在外面吗？”

轻轻的一句话。阿尧也没有察觉什么异常，或许他察觉了，只是小心翼翼地维护着这一份温存。

“你爸爸回不来啦。”

阿尧沉默了。梦境，一切美好都在一瞬间消失殆尽。对爸爸遗留的最后一丝希望破灭。

“阿尧，走。和外婆去看爸爸。”

阿尧没有反抗。可是他回忆起了那个人。他知道，现在的爸爸是外婆口中的欠债酒鬼，让全家人失望至极。现在的爸爸在外游荡，连爷爷奶奶也不知道他在哪里。外婆带着阿尧坐了车，又坐了船。他们和爷爷奶奶、叔叔婶婶会合了。

“这个讨债鬼怎么就死了？”

“这还用说？欠债的酒鬼，把命连着钱全喝没了。”

阿尧即使已经和爸爸没有关系，也仍然是爸爸唯一的后代。按照爸爸他们江北的风俗习惯，阿尧要进行各种礼仪。

于是爷爷给阿尧戴了白色的发带，穿了白色的衣服，阿尧捧着爸爸的相框和大家一起上山。

“轰——”

傍晚。因为下雨的缘故天已经黑了下来。雷声夹杂爆竹般的轰轰作响撕破了黑压压的云际，闪电忽然惊亮一整片显

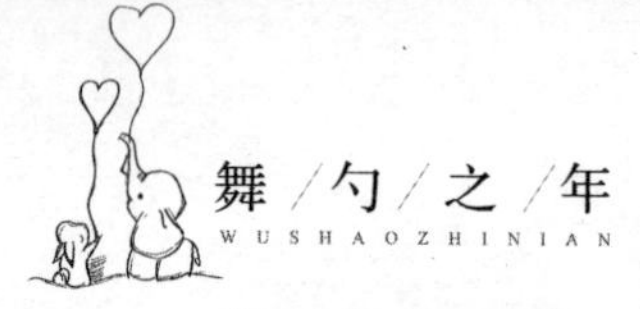

得苍白的天地，亮得人睁不开眼，翻滚的雨水疯狂地海浪似的倾泻，伴随着狂风在山地上卷起一阵阵泥水的潮。

“哗啦啦——”

山上常有泥土忽然滚落。这是一座野山，山上有很多野墓。暗黑的天空显得诡异而凶险。泥土和暴雨夹杂着乱七八糟的东西狠命地飘荡在空中，盘旋，坠落。风声猎猎，大雨倾盆。惊雷滚滚，电闪雷鸣。万物疯狂地舞动着，像是一支疯狂得过了头的祭龙。阿尧和爷爷奶奶把火化的爸爸葬下去，爷爷奶奶不停地让阿尧给爸爸磕头、烧纸。阿尧的神情有些空洞。墓碑上那个男人的遗像，陌生却仍带着往日的熟悉。阿尧在一片混乱中只听见爷爷奶奶说了几个冷冰冰的字：“这个讨债鬼，死得好。”

回去的轮船上，波涛汹涌。风卷起巨大的浪潮，清脆地打在水面上，打在阿尧的脸上，打在轮船的玻璃窗上。阿尧的神情依然空洞，漆黑的夜里，谁也不知道，在阿尧脸上流淌着的，是雨水，是泪水，还是磕头时碰破的血水。

他知道，从今往后他就再也没有爸爸了，没有爸爸会打妈妈了，妈妈不会伤心地哭泣了，阿尧也不会被空酒瓶的玻璃划伤了。他不知道自己到底是什么心情，只有一片空白，傻傻地望着窗台上一个精神抖擞的男人的黑白照片。那个人是爸爸。他喝醉酒的时候会打阿尧和妈妈，所以阿尧或许不会喜欢这个男人。外婆告诉阿尧，男子汉是不能欺负女人的，男子汉也不能靠着女人生活，要能自己扛起一片天。阿尧是男孩子，阿尧要成为一个男子汉。

天色已经完完全全暗下来了，大雨尽情倾泻下来，“啪嗒，啪嗒”地拍打着青瓦的屋檐顶，织成一张透明的画卷。阿尧的关不严的小窗台，不时有雨珠涌进，溅起水花。阿尧在凉席的薄毯里缩成一团，天上时不时地划过好大一道惊雷，从小窗口把整个房间照得透亮，把台上男人的照片照得惨白。深夜，外婆悄悄走进阿尧的房间，处理他的伤口。隐隐约约的夜里，阿尧嗅到几缕香菜的辣而香的味道。那熟悉的味道，抚慰着他的心。

四

那是很久很久以前，阿尧还很小的时候。

爸爸还是那个爸爸，妈妈还是那个妈妈。

阿尧的印象已经模糊了，但是他记得在分隔了江南江北的那条长江边上，有一座江滨公园。爸爸喜欢带阿尧去那里。爸爸总是把阿尧架在自己宽厚的肩膀上，站在堤坝上，看着没有桥相通的两岸。他不说话，阿尧也不言语。他们就那样，

不顾行人不时的喧嚣，不顾身后谁在说话。江水拍打着水泥的岸，“哗，哗”地响着，徘徊在两岸间穿插交错的水流。阿尧，爸爸，妈妈。他们一家三口在江南那个可以望到江北的堤坝上，留下了唯一的全家福。阿尧笑着，爸爸笑着，妈妈笑着。他们的心情似雀跃的江水，他们的回忆似水泥的岸，永远地定格在了那个极其美好的瞬间……

蝉又不觉地鸣起来，雨停了，风不再刮动。阳光慵懒地爬上重新晴朗的天空，屋檐上的雨珠“滴答，滴答”地有节奏地跳动着。第二天如期而至，仿佛昨天的一切都没有发生。但是阿尧，他不可能忘记已经了无痕迹的昨天了。那是他心灵上的一道重创，亦是他心灵的一个愿望。

天还没有大明，阿尧就起床了。外婆也已经起床了。她端上桌来一碗散发热气的卧着鸡蛋的长寿面，和一小碟自家的香菜。

“阿尧，生日快乐。”

外婆的声音有几分歉意和疲惫。

阿尧过了他的十周岁生日。简单，却幸福。他吃了佐了香菜的长寿面，望着外婆挑了扁担出门去。

抹抹吃得油滑的嘴，阿尧开门向外跑去。因雨水泥泞的小路，阿尧赤着的冰凉小脚溅起泥花……隐约看到远处的芦苇荡间有一个小小的身影，看起来很成熟的样子，跟在一个有些苍老的影子后面，接过她肩膀上的扁担，东倒西歪地跟着。这个清晨，芦苇湾的所有人都听见了这样的悠扬的声音：“卖——香菜喽！香——菜嘞！”接着一个鲜亮的小男孩嗓音应和着：“香——菜嘞！”

芦苇湾的声音由近及远，渐渐听不到了。两个好听的声音，在雨后有些泥泞的芦苇荡间回荡，徘徊……

Author's Notes

阿尧是一个典型的农村留守儿童。父亲在外躲债，母亲外出打工，由外婆养大。长时间交流，发现农村还有那么多与阿尧一样的留守儿童，他们都有着共同的心愿——爸爸妈妈早日回家。

这一幅留守儿童的写实画像很深刻地烙在我的心里，那扇嘎吱响的木窗也深深吸引住了我。

通过观察，这些孩子大部分有个有趣的共同点——喜欢自言自语。他们习惯了封闭在自己那个小世界里，虽孤寂至少不会心碎，因为脱离那个小小的美好，就会有思念泉涌上来。

阿尧就经常这样，自顾自地说着，说着那些自觉挺好

玩的事，笑脸上时不时仍会闪过一丝不明显的忧郁惆怅。

他们总是望着那个有回忆的方向，总是奢望着，下一秒，能够见着爸爸妈妈，永远不再分开。这种对我们来说触手可及的事情，对他们而言却是那么遥远的渴求。

愿千千万万和阿尧一样的孩子，在成长的岁月里，有他们的父母陪伴。

扯白糖

十七座古桥在潋滟的水波上曲折。沿河便是古镇安昌。一户户人家在晨时摆好了自己的店铺，乌黑檐顶下是收敛不住的悠久气息。阳光没那样强烈，风没那样凶悍。仿佛古镇是个与世隔绝的地方，仿佛古镇是个没有时间流逝的地方。那样长的两条沿河老街，竟鲜见一个店里有年轻人经营的身影。可是每个看起来有些风霜的微驼身躯，却感受不到苍老的气息。

我们来得很早，赶上了第一只乌篷船。这是我第一次乘这样的船，可是心中并没有多少不安。水域显得亲切，透出几分墨色。踏上船，没有太大的波动，船平稳地调转身子，在水面上留下渐渐逝去的痕。没有颠簸，仿佛会轻功。船夫手脚并用地划着，一路还介绍着景点。

其实从前并没听说过这个古镇，直到上周末白马湖畔的文博会。作为非物质文化遗产的代表之一，我们看到了传统的“扯白糖”技术。没有细究，只是买回了几包——这才发觉了其中的美味。一股香甜沁在心头，裹住那块坚硬。可以含在嘴中细品，一刻钟时间也不会完全融化。可以一下儿嚼碎，也不粘牙。甜的不齁，可是味道却不淡。奇妙的滋味实在有趣，这才看到包装袋上赫然几个红字：“安昌古镇，彭记祖传扯白糖。”

抱着挂念，很快就真的来到这里。想得出神，于是顺口询问了船夫这里最好的扯白糖是哪家。

“扯白糖？那可是我们当地的特色！最好的就在前面……转角就能看到！啊，我们这边扯白糖千家万家，名声响的多，名声小的更多。可是最好的永远属这家吧，没有外面太大的虚名，可是做得踏实！……”

船夫很热情，我背对着他坐，声音从脑后传来。他头戴一个大斗笠，带着点口音，能说会道。就那样终日是江上的居客。

转过角，船很灵活地钻过寺桥的桥洞。一排长长的房屋，净是五花八门的店面。几个老人已经开始整理准备营业，船夫朝上喊了一声。

一个老头儿抬起头，健步走到岸沿。身姿挺拔，头发却已经斑白。他看向船夫，嘴角绽放一个大大的微笑。我也看着他，猛然想起什么。

檐下挂了很多红边黄底的旗，其中一个就在那老爷爷的身后，旗上写着几个古气的字——彭记扯白糖。船离岸边不远，可以清晰地看见那老爷爷的身影。那个身影，很快地和文博会上的师傅重合了。我立刻激动起来，船也停靠岸边。我顺着有些粗糙的石板阶上来，铺着石头的路上也透着岁月的气息。扯白糖的爷爷背光而立，身体被镀了一层金边。他的眼睛有神，时常地笑着。一点儿不胖，体型线条分明，蓝白格子的衬衫裹上纯白围裙，并不是一尘不染，却令人觉得干净。我向他说明，我们便是因为他才来到这里，他显得很高兴。我非常荣幸地得到机会近距离观看他的制作。

游客已经开始来往，在道路上行色匆匆。我再不着急，走到店铺后边看着他做。他们没有在店里边，这一排商家都摆出来了布棚子，面对着店面，背倚着河水。他摆好了蒸炉，倒上纯净水。炉中的水烧着，我们便聊起来。他很自豪，说自己已经是这传统技艺的第四代传人了。可是说到下一代，身体却明显陷下去。声音小了一些，显出几分忧虑。他仍然低头瞧着炉子，看不见脸。可是我知道，此时那张干净的脸

没有笑。

“我只有一个儿子，他会做扯白糖，可是不愿意做……”

声音带着方言，我也是连蒙带猜。可是意思全明白，这大概也是一种奇迹罢。

水烧开了，他揭开一个大缸，里边满是白砂糖。拿起一只饭碗，“哗啦哗啦”地铲了满四五碗，又盖上盖子。拿起一根长长的拌柄，把水和糖搅和在一起，虽然还没完全均匀。熟悉的香甜弥漫在鼻尖，这大概真的是我尝过最美味的零食。此时在柜台后拌糖的爷爷并不显眼，许多游客与铺子擦肩而过。我真为他们感到惋惜，错过了世间难得的美味。

糖已经有些凝固了，老爷爷拿起一个纯手工打造的铁把，蘸了蘸糖滴在另一个铁板上。然后用手去拿，刚刚的液体居然就被卷起来。似乎很烫的样子，他卷了几下，把手放在嘴边一吹，甩了甩才继续。我并不懂得这其中的原理，可是觉得很神奇。过了一会儿，他把那块已经凝固的糖放回锅中，再把锅中的液体全数倒在一个铁盆里。

铁盆放在一只稍大的冷水盆中，漂浮起来。半液体的东西像蜂蜜般的蜜浆，也是那样的黄色。这次做的是桂花味的扯白糖，于是他抓起一把事先准备好的桂花儿撒进去。桂花不少，刚好覆上硕大的铁盆。不知怎样搅了一下，深浅呈圆形分明了，像朵向日葵。

他的手上满是突出的青筋，并不显得瘦弱，在我眼中却十分神奇。那液体似的浆，边缘已经凝固了一层浅薄，轻轻一掀向中间带去。蜜浆像是装在了塑料袋里。“塑料袋”自己又软塌下去，蜜浆泄出来。铁盆在凉水中旋转，晃动，老爷爷一遍遍地重复着，液体的流动越来越慢，仿佛一个婴童逐渐成为老年人，脚步都变得蹒跚。桂花绣在橙黄发亮的半透明蜜浆间，仿佛镶嵌无数水钻。竹席挂在江边，我们不至于被晒到，可是水中反射的光芒却不可阻挡。光芒烁得人难以睁眼，那浓浓的香甜却让我更不舍错过。

最终蜜浆几近凝固，到了扯白糖最精彩的环节——真正的“扯白糖”。把那白糖做的蜜浆搭在刷了色拉油的一根平滑铁枝上，两头拉下来再缠在黑色的自制铁棒上。我知道这铁棒意义重大，它承载着多少岁月的光辉呀！先是缓缓地缠绕，渐渐拉长了，也顺了。一圈一圈，像是套上了围巾。老爷爷很认真地看着那长长的糖条儿。一甩，一甩，因为地儿不够大，所以并没有太多绚丽的花招，就是一圈儿一圈儿地拉着，仿佛永远不会腻烦。黄色的蜜浆已经基本凝固，一点点变成了白色。甩在空中的刹那，我仿佛真的看见一道漾着金光的彩虹。

此时围观的人多起来，青年们纷纷拿出手机拍摄。而此时我就在他的身后，我也是画面的一员。我多么高兴啊，自己竟然也会有这样的机会。

成型了。一大团面团似的糖，被放在自制的隔温袋里，抽拉出一截，持着大黑剪刀剪成了一块块的糖。袋中时是热的，剪好就凉了，也慢慢硬了起来。这一块地方顿时被围得水泄不通，围观的人，买糖的人。我站在一边，还帮着和别人说价钱。统一是五元一袋儿的，量足实惠，真是让人喜欢。

我正沉醉于其中，他忽然抽出一只手递过来一块刚刚剪好的糖。我接过来，还留有余温。热气在舌尖蔓延，糖还有点软，却完全不粘牙了。许多人看了过来，此时我都觉得，这分明是爷爷与亲孙女。

我享受着这一切，享受着变慢的时间。江面上仍时不时有乌篷船经过，却是在我背后。站在铺子之中，我自信地抬起头。

我自信，我仿佛也是这美好古镇的一员了。就像那铺边，寺桥下的水面上，游走的倒影。

岁月

老爷子，年逾古稀。头发只剩斑斑点点的黑，满身的苍老不少疾魔缠绕。

贲门癌突然而不幸之降临，已是两个月前。

说来也奇了，两个月竟没有太长。

无数的风雨奔波，熟悉的路一遍又一遍地走，两次化疗，老奶奶始终是温柔以待，无怨无悔。

“医生啊，我家老头还能活多久呐？”

医生却是态度差极，腔中更是不耐烦。把笔盖盖上，往衣领口一插。

“我又不是算命的，你要想知道还能活多久，去寺庙算算啊！”

终于，两个月后遇到了一个好医生。

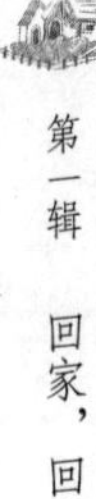

“老人家要做选择了，现在可以做手术，但不一定会成功，要是不做，恐怕……时间就不长了……”

老奶奶布满老茧的手微微颤抖着，老爷爷坐在病床上，脸色惨白，勉强地抚着老太太的皱纹脸，轻声安慰。

蓝白条纹的窗帘后头，是一丛生机勃勃的树木。雀儿叫着，无忧无虑，那样轻快有活力。它们不担心生死，快乐即是命运的最佳选项。

踌躇几个日夜，终是决定做了为好。

老爷爷脸上露出久违的认真，很郑重，像个小孩，又那样沉稳。

“做，就是了。这些天老婆子为我付出了太多，不忍心这么早离去，要报答她——就是为了她，手术咬了牙也得做。”

一双被岁月磨得无光的眼忽然有神，另一双转了过去，流下感动与喜悦的泪。

老爷爷被推进了手术室……

手术很成功，观察一段时间即可出院了。

雀儿仍在窗外轻声叫着，似庆贺，叫累了便歇下来，片刻又是清脆悦耳。

出院了。

老奶奶搀着老爷爷，慢慢走在雀儿的树下。雀儿扑闪着翅膀向蓝天去了，身影愈小了，清脆的鸣声也愈轻了，快乐则悠扬地传给了这对相伴五十余年的老夫妇。

“老头子！这个你不要吃啊，对身体不好的！”

“哎呀，我吃一点有什么关系啊！”

窗外，熟悉的鸣声再度响起，却不知，此次的鸣，与蓝白条纹窗帘后的那阵，是否归属一只雀儿了。

咬春

青石板的街道透着几缕被时间消磨而去的古香，人群熙攘着走过，卖春卷皮的铺子也排着长龙。大清早来买春卷皮的爷爷站在队伍前端，即使年迈身体缠上些病痛，也精神得很。想到过年将要回来的孙女吃春卷的馋样儿，就会不由得嘴角上扬。破旧的红灯笼从上个春节到这个春节就从没取下来，有些褪了色。不再那么鲜艳的春节，和那褪了色的灯笼似的。可是虽然褪了色，那灯笼总还是那样悬挂在那里，不会凭空消失的。

商场所有大屏幕都播放着过年这唯一的主题。孙女于四岁始离开青弋江边的老宅，随父母来到钱塘江畔。八年来，一家三口保持着他们的传统，每年过年必定是回老家的。随着城市日益繁荣发展，春运不再像从前那般拥堵而是多了几分闲适。逐渐长大的稚童还是会在到达那个熟悉的家乡时悄悄地大喊：“我回来啦——”

于一个众家人都得知并期待的晚上卸下一天奔波的疲劳，在敲响没有门铃的防盗门时，那永远是最动听的声音。

爷爷和奶奶竖了一晚上的耳朵立刻听见了，然后听到屋里传来熟悉的声音。

“来了……”

脚步声由远及近，拖鞋贴着地面的声音一轻一重，门咔嗒一下被旋开。门里门外一老一小的脸对照着，被噎住的心门却互相道不出哪怕一句欢迎。可是这欢迎又何时只表露于语言。此刻的所有美好皆不是只建立在言语之上。电视开着，不知疲倦地放映五花八门的内容。它的使命早已无形间变成了陪伴。

一家人都围坐在餐桌旁，包着春卷，聊着家常。一叠厚厚的春卷皮被一张张撕开放在桌面。奶奶端来一个硕大的搪瓷盆，里面满满地装着刚炒熟的春卷馅料。那是很重的分量，孙女一人端不起来的。牛肉，豆腐干，黄花菜，香芹……春卷在各家有不同的回忆，其妙处在于没有固定的馅料配方。所以即使家门口的小饭馆亦能寻见，口味风情也都完全不同。

包好之后下油锅，看着那原色的面皮在油锅里轻轻翻腾，

慢慢蜕变为金黄，像是年间晕染了喜庆的朴素家乡。

咬一口春卷，象征着“咬春”，寓意对万物复苏的春天的期望。

香脆的春卷有一个终极秘方。因为在包春卷的时候，不小心加入了团聚的温暖，所以那冒着热气的春卷，才会与爱和思念有着相似的味道。

那些烟火

越来越多的城市选择禁放烟花爆竹，那些新年的烟火，便成了记忆中关于年的印象。

新年，是什么时候到来的？

我在烟花爆竹的欢啸之中，在黑夜电光火石间的通明之中，在万众瞩目的期盼之中，忽地有些茫然。

如果你觉得这是一个太简单的问题，那么便又请你来告诉我，我们应把新年定格在哪一刻呢？

到底是暗夜的第一束烟花燃起的那个期盼的瞬间，还是众烟花齐唱的那个震撼的时刻，还是最后一丝烟火也消散在天际的意犹未尽的一念？

也许小孩会选择第一个。

并不仅是因为他们期盼，期盼新的一年会有壮观的场面，

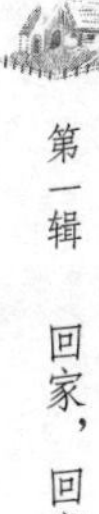

期盼新的一年会有璀璨的烟花，也是他们对成长的向往。

因为只要当第一束烟花燃起，他们便又大了一岁。而正像他们所期盼的，那暗夜的第一束花火便可能是他们本身。无论它可能会飞向天际看尽绚烂璀璨，抑或只是擦点火花便又静静地消逝在暗夜里被身后无尽的绚烂吞噬为烟灰。

也许青年会选择第二个。

当然不只是因为那个壮观的场面很漂亮，很美好。这是他们对自己的证明。

因为只要黑夜的一霎忽转万里晴空，新年便光辉灿烂地来到。在这个灿烂的时刻，他们终将自豪地向辉煌宣布：我成为了一株璀璨的烟火！而在这绚烂的一念间，新的一年，新的开端也随之来到。

也许老年会选择第三个。

像莫言所说，对于老人来说，新年的感情便是："嗨，又老了一岁。"不算悲观，因为他们曾经璀璨过。不算乐观，因为那滚滚烟尘袭来之时，他们不再知道接下来会发生什么，也无心去想。也许这浓雾会煞然消散，也许这浓雾会难以逝去，也许这浓雾会转为薄纱，在迷茫间似有似无，也不再顾及。似乎，他们只负责好好享受烟尘前世的靓丽，而不必为消散以后着想。

吃茶去

一

秋日阳光的午后，清澈的光影在精致的茶器间游走。一家人围坐在桌边，享受茶的乐趣。

一只纯白的、没有半点儿参差的小壶，光滑地映射出柔和的光芒。壶壁有一朵荷花携荷叶攀上，随着微暖的风轻轻、轻轻在眼帘中浮动。

壶底有三个湛蓝的手写字。

敦睦窑。

二

台北的小巷子里有间茶室，名曰“拾岁小玩”。

古色的门是木的，雕着镂空的花纹。推开门——

没有太多的光线，从门口推进的光如同不合时宜的过客，随着门的“吱呀”一声又消失于无形。几盏朴素的吊灯，迎着柔和的光荡秋千。时间静止在那一刹那。迎门是一幅悬挂的木制对联：

月映冰壶分画省，风清琴鹤泛仙槎。

往里一枝枯树伸展至全厅，上面挂着只空鸟笼。室内陈设着四处淘来的古物，茶独有的文化气息随着茗香飘散。

仅有的光线把树枝的影禁锢在墙面，可是没能阻止它的生长。满目琳琅的茶器，被主人次第摆放。

主人林敦睦先生习工艺美术出身，后转而制瓷。他的头发略有灰白了，朴素的身影却自又带着一丝茶人的气息。很平凡，又绝不一般。林先生的夫人邵老师在大学教书，却对古乐、茶道，样样在行。两人共同打造拾岁小玩，取意“拾起岁月，小玩片刻”。

林先生端起一只手绘的白瓷茶壶，釉中彩和白瓷的交融是林先生独创的技术。壶面生着一株荷花与荷叶，留白的部分很恰当地缀着两三片荷花的瓣。随风飘扬，翩翩地卷起茶的芳香。

蜜黄的茶汤，淡淡地从壶中流进公道杯，再流进每个人的品茗杯。冻顶乌龙的独特香气，恰好环绕在每个人身间。每一滴茶水，每一笔描绘都刚刚好。

大家都醉于这茶的暗香中了，没有人说话，只捧起这珍贵的一口茶缓缓饮下。

温热淌过舌尖，一丝沁香的淡苦之后，是慢慢回味的甘醇。这便是拾起岁月的况味了。

三

临走大家无一例外地捎上一两套茶具。

邵老师将茶具看了又看，然后拿出来几个零散的盖置、茶托分别递给大家作为赠品。

每一个都配得刚刚好。

从台北来到我们家的，正是一套釉中彩的白瓷茶器。一壶一公道，四只品茗杯。壶身与公道杯上的荷相应成趣，品茗杯设色淡雅，一两枝苇叶自底而生，三两朵梅瓣似随风坠入，几片菩提不经意地分散在杯沿，都是点到即止，欲语还休。

于是茶也从此融入我们的生活。

四

阴冷的秋天，枫叶也没能点燃它。

厚重的云彩没有丝毫动摇地压抑在空中，地面上粉碎着白色的壶盖碎片。

缀着荷花的壶身仍然端正地立在桌面上，仿佛什么也没有发生过……

妈妈辗转加上了邵老师的微信。

她很少发朋友圈，可是最近发过一条拾岁小玩纪念展的讯息：

敦睦先生离开我们两年了……

纪念展的海报上有段文字：

他 / 东拾西玩　终于在茶器上停留

他 / 东雕西捏　最后才想到

用自己的名字题款：敦睦窑

窑还热着

椅却凉了

杯杯盏盏全铭刻着：

敦睦先生 / 人间一游

画面上，邵老师的发白了些许。她仍似当年那般拨着自己古琴韧劲的弦，在那静止的时空中安宁而平静。

慈祥的笑容仍然挂在她的脸庞，在时间静止的茶室，她是不会变的。

妈妈删删改改，还是犹豫地告诉了她茶壶盖破碎的消息，并希望能够再次买到。

屏幕那端，隔着海峡的邵老师很快回应了我们。

她说，小小一个茶盖，刚好有，送给你当礼物。

并且谢谢我们爱用敦睦窑。

就这样从台北免费寄送了我们一只。我看着新的茶壶盖，心被揪了一下。

制壶的林先生已仙去了。

想必他泛着自己的仙槎逐流而去了，逐着韧劲的古琴之声，逐着清风。在他那时间静止的空间，烧制自己的瓷……

“月映冰壶分画省，风清琴鹤泛仙槎。”那副木制对联还在我的脑中浮游……

光影如梭，人走，茶凉。

可唯一不变的，是千丝万缕的缘。

五

吃茶去。

穿越时光的使者（之一）

第一次以讲解志愿者的身份出现在博物馆。

越地宝藏展，是我距离历史文化最近的一次。六个展厅，一百件器物，讲述浙江故事。我从未如此细致地观察这些文物——可是当我站在讲解者的位置，一切都显得不同。博物馆这样如深邃海洋般我从未想过去细研的地方，如今渐渐清晰。每当全国各地的游客来到展厅，尽情感受历史扑面而来的魅力，我也倾自己的力量，化作一股清风，小心地于文化间穿梭，掀起尘封的故事。一股风，乘起一缕熏香，带着往日漂泊而去。那沉眠于暗处的记忆，随风盘旋。南宋的衣袖轻轻飘扬，水晶璧微微发光。一切不会归于平静，因为它们不曾有一瞬的离开和停息。它们在海岸，随着哗啦的浪声轻轻诉说。那悄然奏响的旋律，是古而不朽的乐声，是战火里纷飞的呐喊。一切的交融，成为迷离而清楚的讲述。讲述着，

讲述着，古老越地那曾经的记忆，碎片似的往昔，回溯，倒流，穿插，交错……

从上山文化的石磨盘到良渚文化的玉琮王；从妙趣横生的伎乐铜屋到熠熠生辉的越王宝剑；从精致江南的武林旧事到抒情写意的明清诗画……我一点点地学习积累，渐渐如数家珍。愈得心应手，却愈有要学习的东西。我尤为倾醉于良渚文化悠扬的清朗旋律，它亦如块被时光消磨至肌骨白的美玉，透出点点往日的行色。

现在的我，与以往确实很不同了。在每个博物馆，看到了文物不再无动于衷。亲切会涌上心头，若旁边有两三熟人，便激动地想把自己知道的分享出来。听览它们的故事，宛若他乡遇故知。

我并不知道自己做得如何，不知道究竟达到什么程度，可是我的心，在每一次凝视着那些认真倾听我的讲解的人似焰的目光下，一次一次剧烈地碰撞着。我会回想起，初来乍到，看着别的炉火纯青的成人讲解员缓缓道来时心中的紧张与恐慌，和日思夜想的积累。

站在展厅中央，我仿佛看到一个身影，在馆中徘徊。她很认真地来回走动，口中念念有词的是没有人能听见的铭记。

我看到一个身影，在馆中犹犹豫豫。她站在一个仿佛需

要讲解的家庭后面，欲言又止。为难的神色中，是不安，是一遍又一遍的努力。她终于走向前,完成了人生的第一次讲解。她很喜悦，可更多为自己的点点遗忘缺憾。她在一遍遍对自己说，再努力一点……再精准一点。

我看到一个身影，带领着20多人的游客团，在馆场入口下台阶的路上就开始娓娓道来。一件一件的文物，在眸中闪烁，漾开。

她的神情，很快乐。一切仿佛虚幻而不真实。而在虚幻间真实的，是穿越时空的回忆。在沙尘随风飞扬舞动时，回忆轻柔地拂过古今面庞。汇成的故事，仿佛在静谧处无限回响。

是的,这是在博物馆历时数月一路走来,昔日的我的身影。

她——曾经的她无法想象，今天这个自信微笑的自己。一股感受不到的风拂过志愿者的面庞,直至内心。风徘徊而过,穿过每个人的心,留下一个烙印。而属于她的烙印,极其深刻。

志愿期间曾采访过一位讲解非常出色的志愿者。我很好奇，她如何做到这样的讲解。

她露出洁白的牙齿，轻轻笑了一下。

“微笑就好。”

那个微笑在夏日的阳光中，格外璀璨，被金黄照得熠熠生辉。树影无风而滞，轻柔地投在她的脸颊。那是志愿者独有的笑容，那是一种世上最耀眼的微笑。

我不知自己的微笑如何，而我看到志愿者们，他们的笑始终如此。

我实在感谢，自己有了这样的一次机会。

来到了越地宝藏的海洋，融化在那浅笑里。

我会努力带着这样耀眼的微笑，在更多志愿者的活动里，不断前行。

Author's Notes

这是我人生中第一次志愿者的体验——在浙江省博物馆的特展馆区做讲解志愿者。这次活动有效地让胆小怕生的我拥有了勇气。在为人处世上，也可以自主地展现自然、大方的一面了。

在这次特展结束之后，我仍随着浙江省博物馆的一次次特展继续担任着讲解志愿者。不同的主题和文化，也一点点增强了我的历史底蕴。在与志愿者老师们的讨论中加深对文明的理解，在与各地游客的讲解互动中传播中华传统文化。

交流是最好的学习。

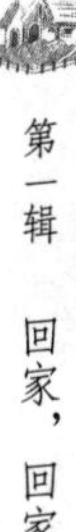

穿越时光的使者（之二）

继“越地宝藏”特展后，浙江省博物馆开放了一个新的特展“法老的国度”，180 件来自意大利的珍贵文物，讲述古埃及文明。于是全体讲解志愿者重新备战，开始了新一轮的穿越时光之旅。

古埃及展突然成为热门话题，观展人数一天可达四千余，每个周末都有可能创人气新高。到下午的高峰期，更是整个展馆上下三层水泄不通。志愿者家庭也越来越庞大，越来越多的新面孔加入，一起为四面八方的游客服务。

“志愿者姐姐，法老在哪里？”

聆听这些奇趣的问题，也是做志愿者的一大乐趣。

这里没有法老，却有关于法老的一切记忆与见证。

有些值得珍惜、值得遇见的事物，不必再等下一次——

就现在。

巴黎圣母院起火。整整八个多小时的翻腾火海，焦灼了这八百多岁高龄的历史之歌。标志性塔尖的坍塌在一片哭泣和呐喊声中甚至显得有些悄无声息。

2018年9月，巴西国家博物馆起火。十余小时火势蔓延，馆内2000万件文物仅存10%。

正如圆明园遗址公园官微所言：“文物的损毁、消失不仅带走了文物本身，更带走了文物所承载的千年文明。文明是脆弱又坚韧的。我们能够做到的就是尽力地守护它，尽量延缓它的消逝，传承它的精神。每件文物都是文化的象征，每座博物馆都是人类文明的宝库。衷心祈愿文物都能够远离灾难，代代传承。”

这些均让我想起了那已失落的古埃及文明。

它的失落，又并非只是一场大火所致了。那是很多年的侵蚀，才使得它的文字和文明相继走向败落。我本不了解这个“法老的国度”——对我来说，那只是木乃伊和金字塔的起始而已。而在这次古埃及特展中，我渐渐了解了这个深沉与智慧的文明。

铭刻于罗塞塔石碑上的象形文字，体现了文化融合的伊西斯女神像，具有记述意义的纳尔迈调色板，象征着太阳与

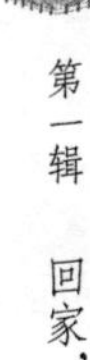

重生的圣甲虫，完备的九柱神体系，古埃及人对所生活世界的丰富思考与想象、复杂的精神与宗教世界……

古埃及人崇尚“死亡文明”。他们认为，生前的灵魂叫做“卡”，死后的灵魂叫做“巴”；一个人死后，他的灵魂“卡”会飞到天上和一颗星星重合，然后“巴”就会降临，带领亡灵前往永生的世界。

他们以此来化解对死亡的恐惧。因为他们知道：万物从被创造、来到世界的那一刻起，就注定会有被毁灭、离开的那一刻。

所以才有了古埃及人的神明崇拜。当将死之人与旁人对坐，才能不过于悲伤、才能使空气避免凝固。他们可以一同向冥王奥西里斯祷告，可以一同筹备人形棺的材质纹案，可以把生死看淡。

所以才有了金字塔。那辉煌、奇妙、屹立不倒的雄伟建筑，已经成为世界的传奇。因此才流传着这样的一句谚语：“人们惧怕时间，时间惧怕金字塔。”它跨越时间，跨越生死，将诸法老的生与死永恒铭刻于时间之上。

可是——它，真的逃得过“永恒”吗？

没有什么是真正永恒的，我想。

因为每一样事物被创造出来时，被赋予生的意义之时，也就背负了死的预言。所有事物终将有逝去之时。因为“不永恒”，才会“珍惜”。

我们为落下的樱叹息，为一场猝不及防的冷雨击碎了花海叹息，才终于学会在来年，天色未有阴沉之时就奔赴过去，一饱眼福。

而当古埃及文明落幕之时，我们亦在叹息之时才懂得了珍惜。

古埃及的文明虽已传播五湖四海，但那又何足挽回那没有来年的唯一错过。在樱开启新的征途时，人开始发掘创造力，以及正在拥有而不自知的东西。

Author's Notes

关于讲解志愿者内部问题讨论的个人观点

（1）为什么说古埃及文明最终消亡的标志是埃及神庙的关闭和祭祀的消失？相较于古埃及，我们如何理解中华文明？

中华文明发扬至今，已经不只是当年古埃及那样单纯依靠精神信仰和尼罗河的馈赠那样生存。中华文明有自己独有的风格，科技文化等多方面都已经有坚固的成就，中华文明因其源远流长，绵延不断，历经坎坷却又生生不息，只要

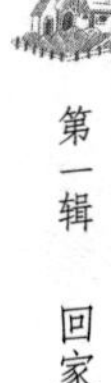

你生活在中国，就能时刻感受到它的存在。

（2）神是最古老的崇拜。中华民族在不断发展的过程中，慢慢减弱了对神的崇拜，你觉得这种独特的信仰对我们文明的延续有什么帮助？

人类早期的社会秩序具有完全宗教的性质，敬鬼神，重视祭祀，也是夏商周早期社会的特征，春秋以后神权思想受到冲击，其实并没有大幅度减弱民间对神的信仰，中国民间的鬼神信仰一直存在。整体上呈现出一种“多神崇拜”或“泛神崇拜”的姿态。总体而言，中国传统的统治关系呈现出三角形的结构，顶端是天，下面是天子和民，天子是基于百姓对天的信仰而存在。

（3）死亡与永生是亘古不衰的话题。因此埃及人发展出了璀璨的金字塔文明。中国却随着儒家的发展有了“人生自古谁无死，留取丹心照汗青”的精神追求。你认为这种对于死亡截然不同的认知，分别带给两个文明哪些独特的气质？

古埃及对死后重生信仰的狂热，让他们降低了对现世生活质量的要求而将更多注意力转向“永恒世界”中更加美好的生活的追求。而我们的信仰则偏向强调珍惜生命，重惜民命。人本主义，着眼现世，活在当下这样的事实需求，这也有力促进了我们生活水准的提高和社会各方面的发展。

（4）如果说埃及文明是在三面沙漠一面海的襁褓中成长起来的，那么中华文明是否是在草原民族的威胁下长大的？你觉得这两种不同的成长环境分别给这两个文明带去哪些优势，这又有什么劣势？

我认为这种说法不太准确：中华文明并不能说是在草原民族的威胁下长大的。中华文明是中华民族共同缔造的，中国很早就形成了多民族的国家，中华民族是一个整体，包括农耕民族和游牧民族，历史上不同程度地进行着交流和融合，其间也有战争的形式，但最终形成了颇具规模的民族共同体。

从成长环境上看，中华民族的地理位置也和埃及一样较为安全和封闭，地处东北亚大陆，四周天然屏障，在这块相对与外界隔绝的土地上，并没有较大规模或较高层次的外来文明与之竞争，是相对独立的文明生长环境，是独有的文化气候与土壤的结晶。北方的威胁更多的是一种气候的威胁，南北的分界，也并不是以民族血统为分界，而是以农业和牧业的生产生活方式为分际。

中华文明融合了以汉民族为主体的各民族的整体智慧，这也是中华文明的优势之一。

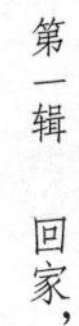

芒种

题记

时雨及芒种，四野皆插秧。

家家麦饭美，处处菱歌长。

——（宋）陆游

一个可以看到星星的季节

小满过后，便是芒种， 开始可以看到星星的时节。芦苇湾迎来了又一个新的孟夏。各色花朵多落尽了，嫩叶还不及转成浓绿，阳光穿过枝叶缝隙，叶子是半透明的翡翠一般。

阿尧一路上踢着小石子儿往家走，肩上是妈妈快递寄过来的湛蓝色书包。对阿尧来说，孟夏是西瓜、葡萄和桑葚儿的季节。 阿尧家有西瓜地，葡萄和桑葚儿则在隔壁的老爷爷绿野仙踪般的果园里，触手可及都是嫩生生的果子。西瓜冰镇的好吃，所以往往用大网兜兜住沉进村中心的深井里，动了馋念便拿出来。每次碧绿的西瓜被“咔嚓”一声切开的时候，鲜红甜美的汁液儿流到桌上，阿尧总是想留一块下来，总是幻想妈妈如果恰好回家吃到这块西瓜时嘴角的微笑。

外婆一大早就用今年新收的麦子蒸出了小猪样儿的发包，那是用来在供芒神的“安苗仪式”上用的。一排活色生香的小猪稳稳当当地立在堂前的案上，做出面食的巧手外婆便下田插秧去了。村里年轻人都往外走，田里忙活的都是老人家，舍不得好好的田荒着。漠漠水田上没有飞来白鹭，闪着粼粼的波光，一株株秧苗安插得齐齐整整，弯腰弓背的老人们，累了就在田埂上聊两句家常，抽一种古老的香烟，喝一壶金银花茶。芒种对于外公外婆来说或许就是一个忙着种地的日子，外婆常念叨着，“芒种，芒种，有芒的麦子快收，有芒的稻子可种”。

不过对于阿尧来说不一样。阿尧和他在外打工的妈妈有个约定：他们要在夏天的夜晚一起看星星。夏天伊始，阿尧就满怀心事，像头小鹿在不停地乱跑。离妈妈回来到底还有几天呢？淘气的星星，在丝绒幕布一般的夜空也开始探头探脑了，璀璨浩荡的银河也快要长成了。

归属乡村的孩子

“梅子金黄杏子肥……预备，起——”

“梅子金黄杏子肥，麦花雪白菜花稀。日长篱落无人过，惟有蜻蜓蛱蝶飞。”

“彩儿老师，这首诗什么意思呀？”

“这首诗呀，描述的就是现在，芒种时节在那个年代的场景哦！”

一个桃李年华的女孩耐心地向孩子们解释。她戴着一副黑框眼镜，微笑起来像芦苇湾明朗的天色。这是在城市长大的彩儿。

芦苇湾跟大多数江南丘陵地带的小盆地一样，有宽广绵延的农田，温柔起伏的山峦，早晚熟识的乡邻间温暖的问候。这是彩儿的爸爸曾经生活小半辈子的地方，却是彩儿爸爸一直都想要离开的地方，也是彩儿爸爸成功离开的地方。彩儿爸爸千辛万苦终于离开了农村，去往那热闹繁华的城市。

此刻的彩儿却出现在芦苇湾，选择了师范大学的彩儿将自己的实习定在芦苇湾做乡村教师。这些农村的孩子，虽不挂在嘴边长提，但是家人一个一个离开芦苇湾去往城市打拼，他们自然往往会不经意间流露出对城市的向往。因此从城市来到乡村的彩儿，是这些孩子心目中城市的象征。

“同学们，彩儿老师的实习期就要结束了，老师要回去啦。”

“彩儿老师，你不能留下来吗？”

“我……”

彩儿还是踏上了离开芦苇湾的大巴车。不过她的手中抱着一大摞同学们画的各式各样的彩儿。每个“彩儿老师”都有灿烂的笑，她们或立在田埂旁，或倚在讲台上，五彩缤纷的彩儿老师，是同学们心中盛开的夏花。

看着这些盛开的“彩儿老师”，彩儿悄悄做了个决定。

她要去做一名乡村教师。

目的地名叫芦苇湾。

苗安，心就安

即使是芦苇湾这样偏僻的小村，快递业也已经很发达了。这也是芦苇湾的“香菜”能够出名的原因。芦苇湾的“香菜”并非芫荽，而是一种江南人家熟悉的时令小菜，采用初冬新上市的高秆白菜为原料，腌制而成。只是由于吃起来格外香而得名。

阿尧的外婆便是以做香菜为生的，因此这个季节要忙着

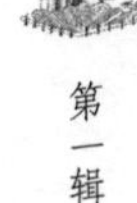

播种了。

外婆一手扶着腰，一手抹额头的汗缓缓站起来喘息。虽说有农种的机器，但是心中总是自然地觉得亲手种下去才能放心，像自己亲手养育的孩子不能假手机器。在芦苇湾这个被誉为“香菜小镇”的地方，数阿尧外婆做香菜的手艺最好。阿尧也常为此自豪。

“叮铃铃铃——”

“喂？妈妈？”

“阿尧啊，妈妈明天就回家！之后就不走了，现在芦苇湾的快递业已经这么发达了，我留下来开个网店卖香菜吧？”

阿尧睁大了眼睛，脸上溢出满心的喜悦。他挥舞着双臂高兴地大喊一声，惊起一群飞鸟。

这真是一个快乐至极的日子。

田野那边隐隐约约出现一个身影，在新农村建设工整的马路边仍然保留乡土气息的小道上。

那个女孩的身影向阿尧招招手，开朗、快乐地打招呼，手中抱着一大摞五彩缤纷的画。那是阿尧最喜欢的老师——彩儿老师。

彩儿老师明明说过，实习期过后便不再教他们了——

“阿尧同学你好啊！以后……我就是你们的正式老师

啦！”

“真、真的！？”

“当然是真的！老师什么时候骗过你们！”

像冬天飞来避寒的候鸟还会回到它们的家去，这些流离在外的人不久后一个个回来了。阿尧看着那群被自己惊起的鸟复落回地面，觉得自己会永远铭记这个美好的芒种。

阿尧忽然想起外婆常说的一句话：“苗安，心就安。”她亲手种下的每颗种子，插下的每株秧苗，都是为芦苇湾这个小村播下希望。

阿尧觉得，他的外婆是不是很早之前就预料到他们还会回来，才不做挽留的？

阿尧在摇曳的芦苇荡里笑着，笑声越过了芦苇荡，越过芦苇荡外的青山，越过天际即将消失的流云，追随在芦苇湾平坦公路上疾驰的快递货车，直去到在北方的夜晚，遵守着诺言看到明澈星空的妈妈心里。

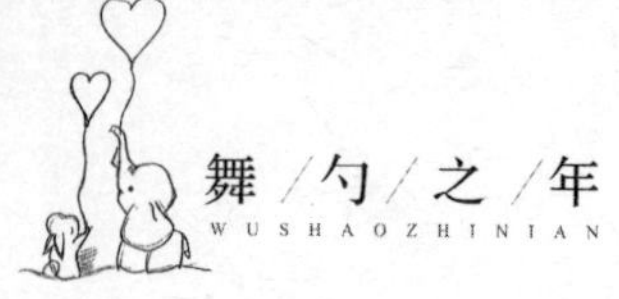

Author’s Notes

我是一个在城市长大的孩子。偶然来到乡村并接触和认识到了故事中这些可爱的人们。芦苇湾于我而言，既不像梁鸿笔下的“梁庄”那般困顿，也不像彼得·海斯勒笔下的“江城”那般疏离。村口的快递驿站，热爱读书的孩子们，来自城市的年轻老师，愿意回乡再创业的新青年，都让我真切地感受到了新农村的希望和光明。记录一个温暖的小乡村，这或许也是一种书写中国的方式吧。

第二乐章

粉啊

我亦从不知晓

归底

却是樱，是雪，是雨，或是海？

六角形的童话

初雪

上一次见到雪，应是几年前了。

毕竟，雪的记忆在花海的泛滥中，显得那么久远。

这是一场未知的雪。上着课，不知是谁没听讲，角落里伴随着一声惊叹，飘来一个那么陌生的字眼：雪！

没有人再去管讲台上尽力阻止大家出去的老师，没有人再去管讲台上威逼利诱让大家回座位的老师……平时最听话的学生第一个冲出教室，平时声音最小的学生也大喊“下雪了下雪了”，声音在教学楼里荡漾。

大家冲下楼，伸出冰冷的手掌，用本来无力的双腿飞奔、转圈，不管被融化的雪花打湿的发，不管僵冷的手脚，不肯哪怕哈一口热气，生怕把好不容易飘下来的雪给哈没了。

曾经一把把撒出白晃晃的雪而毫不在意的我们现在竟然在为一两片六角形雪花激动不已!

即使难以置信，也不再顾及，只是在那一片两片的雪花里尖叫，欢呼，大笑……

雪·渐渐

一觉醒来，雪，大了。终于，又一次，世间万物成了白色的童话。

其实只是薄薄一层“敷衍了事”的雪花，在我们看来，已是“千里飞雪”了。

毕竟，比起昨天那纷纷扬扬，零零星星，斑斑点点的小雪片儿，好得多。

这种独一无二的浪漫，像岁月带来的童话，那么纯洁，那么静美。

尽管小心谨慎的老师都竭力禁止，却阻止不了我们对白雪的憧憬。

所有学生，竟有史以来第一次如此整齐划一地“叛逆”了。

即使所有没有课的老师:美术老师，体育老师，英语老师，音乐老师，科学老师，甚至教务处老师以及校长全都出来巡视，但是我们“专业躲猫猫二十年”的“黑客”们也是大显身手，

在雪地里躲过了一双双精亮的眸子。当然也有被抓住的，但却因为靠山庞大而勇敢地“厚脸皮”，面对老师时一副准备悔过自新的可怜模样，老师一走，顿时打了鸡血似的跑了开去。

放学，终于明目张胆地玩雪，也对雪竟还没融化而好奇。漫步，手时时不自觉地扫下树枝上一长串的白。

世间万物，在一夜之间白了头。

沁雪

雪，又大了。那么白，那么漂亮。

覆盖世间万物，慰问似的轻拂脸颊。

大家依然不听劝告地玩耍。

大家兴致勃勃地玩耍，无忧无虑地抛出一个个滚圆的雪球，像抛出一肚子烦恼。尽兴而归，又偶遇大片雪地，竟也无人。

于是跑上去，练轻功似的不让自己的脚印破坏美妙的雪。

享受没有一丝声音的宁静，舒坦地躺在自己用雪搭的“城墙”里，在坚实的冰雪上放上小本子：

恍恍惚惚，三更雪飘已似鹅毛。白白茫茫，午后雨云竟然磅礴。

一念间，三天逝。千里白雪，尽成真。

静静聆听童话中出现的踩雪时的“咕吱咕吱”声，看雪地里整齐的脚印,触摸冰晶在指尖融化的曼妙……仿佛置身仙境。

在无瑕的雪地里，我轻轻吟唱着一首属于雪花的歌……

雪夜

夜色渐渐降临了。

白天无尽白雪的宏伟，在夜的魔力下竟无影无踪。

即使仍是绒球般大小地落，法儿却又变了。

不再那么猖狂地坠落，气势堪比汹涌钱塘潮。

只是柔柔地抚着银白色的大地，无声地掩盖了大地曾经的一切，而又带来那一个个的曼妙童话。那暗影夜色中的缕缕阴柔，在望不到边的黑里略显贪婪地舒展着，安慰了睡梦中的每一个孩子惧怕的心，圆满了劳碌着的每一个青年触雪的梦，陪伴了失眠了的每一个老人孤寂的日子……

她柔啊，

她亦美呵！

屋檐下,沿一串串冰柱落下的雪,那种如梦如幻的感觉呵！

草地上,沿一只只脚印延伸的雪,那种如痴如醉的感觉呵！

天地间,沿一个个美梦飘下的雪,那种如雾如烟的感觉呵！

她，哪里能不惹人爱呢？

再寻梅

雨后初晴。人不似往年那般拥堵，也许是换了北门进入的缘故，绿油油的树荫稀疏地覆在寥寥几人身上。

往内，便又是能吃得满嘴流油的香溢小吃街，倒不再细品，只抿嘴一笑，便又向了右边小路去了。

那小路，便是通向一株拥有近千年历史的宋梅。

较其他梅种不同，这株的干便颇显粗壮，虽有着挺秀气的花团锦簇，却也不免因树干显出不尽沧桑。但即是这般，那一股子枝丫里透出的香，让人似回到古代的时刻，如见了这一株沧桑的孩时样。

倒也是真巧，便正赶在第一波梅的衰微之际与第二波梅的欲绽之时，只落得万翠里几抹淡淡的红。

反在吝啬的一点红里，倒还真看不够的，只是使足劲瞪眼望着远处的美画，便是一时冲动就要冲上去拥抱这一片的美丽，反要提神三分。

一片绿,本看也该是极喜的,只是与了哪怕半点的红比起，登时要败下阵去。

退远了赏梅，却美了些，总是有一种红红翠翠，莺莺燕燕，怡然自得的神气，反是傲骨少了三分。

指指点点的游客已稍多了些，那梅虽还未招展，却也很努力地散发着清香，很努力地再耀人些，争着抢着在阳光下摇曳，更添姿色。

来这里，原是寻一处被遗忘了名字的世外桃源的。

绕了一大圈，黯然回归，忽恍见草丛之后，草地之间竟有一座小桥！

我们返去树木边,果见一条不显眼的小路通向的桥以后，有一座不小的湖心岛。

踏上仿古的雕花桥，心情便好了许多，疲惫便消除大半。几只孤零零的花面彩条凤尾小风筝时常在海蓝色的幕布上打上几个好看的圈，搅得一株株绿萼梅、美人梅等花枝乱颤，舞动风生。

我踏上有了几株绽了的梅的青草地，抚着一枝枝白梅，粉梅，红梅，不觉童心泛起。

倒快乐得很，不论是在湖边坐下发会儿呆，抑或在桥上望望远方，就是在梅花丛中满鼻芳香，也是极好的品味享受。

文末彩蛋

超山探梅

（二年级初登超山寻梅习作）

在一个天气晴朗的日子，我和爸爸妈妈一起去超山赏梅花。刚走到山底，只见漫山遍野的梅花，一大片一大片争奇斗艳地绽放着，粉红的、雪白的、浅绿的……各种各样的梅花多得数不清。

上山了！我们一家三口，顺着开满梅花的小道向前走去。粉红梅花那诱人的香气撒娇般地向我扑来，使我闭上了眼，好久才睁开。她有十几片花瓣儿，花蕊朝着一个方向伸去。那优雅的名字“美人梅”更是令我难以忘怀。

爬上半山腰，一个娇小的身影吸引了我的注意：几株有些凋零的花垂在向下弯曲的枝头，“垂枝梅”的气味中似乎散发着一些淡淡的忧伤，使我的心底泛起一股怜悯之情。

山顶上，饥肠辘辘的我竟把香气迷人的“绿萼梅”当成了满树的抹茶味冰淇淋！在一片雪白的白梅树下，我们坐下来小歇片刻，一阵微风吹起，白色的梅花瓣一片片落下，仿佛初冬的小雪花，飞舞在我们身旁。

远远望去，山脚下那一片热热闹闹的花海，似一幅五彩斑斓的水粉画，每一种色彩，都调得刚刚好。

玉兰古楼

静谧的角落，一栋百年的大楼。

不算高，却带来庄严的肃静，残破灰白的漆墙露出几片砖角。

幽绿的爬山虎恋恋地缠绕，似倾听着博学的教诲，似聆听着悠扬的钟声……

古楼边依偎着几棵树，冬春之交，最显眼的莫过于樱与梅。可樱与梅，只是大众化的审美追求罢了。樱与梅，或前或后，或左或右，或隐或显，总是有玉兰的。

虽然这个身影从来都只路人般地被一掠而过，却引起我的注意。这个身影很轻地掠过眼前，留下一记淡淡的墨痕，其又蹊蹊跷跷地成了我的奇珍异宝，被牢牢地珍藏在心底了。

她的美，暗香浮动中，比梅少着几分傲骨与神气，比樱略下几缕柔美与恬静，就那样的嫣然当风而立，独特至极。

这幢老楼，或许就是这样看着这棵玉兰随着樱梅挺起吧。

静聆风声，目送花开花谢。几度春秋，也许倏忽而已。落红千里，芳飘四舍，风雨同行，相顾间，只无语。

静静看着在光阴里默然的老楼，静静看着岁月斑驳的记忆，静静看着苔绿花红，俨然百年映像刹那了然，彩虹似的横亘于天际……

第二乐章

粉。

灰，绿，棕，黄……

一曲颜色井然有序的乐章,耐着性子等了百花齐放之终，偏是一场暴雨将至。

这阴雨之前的第二乐章，不合时宜地蓦然绽开。

沉闷中，行于江堤。此第二乐章，乃晚樱盛开之际。行约一刻，路唯残叶矣。只毅然向前，不觉竟无形地交界了。

枯黄忽然便转了嫩粉。绿茵大树，粉悄然藏入其间。

暴雨前必狂风，藏匿间，缕缕深深浅粉落。片片，从从，簇簇，成群……粉啊，我亦无从知晓，归底，却是樱，是雪，是雨，或是海？

樱，从来只给我童话的小小的浪漫的，今却奇极，竟是有几分壮丽的美好，那样明显地探上心头。

不意间慢下匆匆脚步，踏入粉与绿的锦绣。

风不羁地吹扬，拂过心间，拂过树梢，一阵未准备好的樱花猝然落下，落在锦绣上，更添情趣。

洋洋洒洒地落下，不觉手舞足蹈地弹跳着，也似一片花瓣，随风而去。

嫩粉美极，惹人只想收集几片，珍存起来。

于是风来，两只不大也不小的手张开拦起。它们仍轻描淡写地一跃而开，自我地坠落于繁花之上。

手只是坚持着，仍固执而顽强地抓紧樱雪片。无数的跳跃，一片花瓣似乎累了，终于没有反驳地垂落于手心。手轻轻扯住这片浅浅的粉霞，收入口袋，自觉这一片实在有缘。

狂风肆意地摇荡，卷起一连串的粉，手不由自主地又抓住了一片，攥在手心。

狂风过了，一时又是微风轻传，明明挺过了艰险的几瓣，在轻柔的春风中竟支持不住，释然而落。

犹疑片刻，放掉了第二片花瓣。她好像放弃了挣扎，或是忘了挣扎，就这样无声落入锦里。

又一抚花枝，感慨着扬长而去，深深浅浅的粉，似害羞的红晕，抹在春淡妆的脸上。

然暴雨者却只虚张声势，未有也。

忽雨

天灿烂着，忽然就下雨了。

仔细想来也不知道几时下起雨，只是抬头望向房间紧闭的窗，居然已经下起来。

到阳台上观雨。好像有小阵子没下过雨了，所以看到了又是几分新奇。大概因为风向原因，敞着窗户也没有雨蹿进来。可以很清晰地听见雨落在窗外地上的声音。仿佛还一直回响着，时响时轻，听着清脆干净。

阳台上有不少的几排植物。季节原因，尽是绿色。楼层不高，窗外几棵大树极近，也全是绿色。屋里的绿和屋外的绿，深深浅浅，隔着一扇窗户，交错在一起了似的。

雨是斜的，明显地斜过来。风向所致吧。一棵棵的绿色也晃着，可是风没有那样大，所以树时常顽强地又逆风摇荡回来。于是树就摆动着。摆动的幅度不大，仿佛小心着生怕把叶儿上的晶莹的珠儿摆下来摔碎了。屋檐上串串儿的掉落下珠儿，实在好看。可是掉下来的珠儿不是圆珠的形了，只是一刹那的白灰的线，没能看清就已经融进地底了。

晴天还是晴的。太阳虽然没那样清晰，可是天总亮着。天空这些日子都挺蓝，可是今天格外蓝。那蓝也会发光。被一串串的雨洗得精亮。天空湛蓝，蓝得整齐，很均匀的。可是云彩不整齐。浅白，深白，正统的白，带点儿蓝带点儿橙的白……全搅和在一起，不知谁用劲一把挥在湛蓝之上。然后白就忽然有了灵气般，散漫地游荡在天际，不时变幻，叫人总想从里边看出点玄机。

雨是斜的，可是忽然不斜了。直直的落下来，用尺量过似的精准。在积水的马路上又跃出许多透明的珠儿，再落下来，溅起起伏的圆形涟漪。涟漪是得了宝儿，炫耀般一个接一个地欢跃在水间。我只是远观楼下这场闹剧。遗憾那水到底有多深，我大概不会知道的。

一辆汽车飞快驰过楼下的马路，溅起惊人高度的水花。我本没概念这雨到底多大，可这回知了底细。再休想瞒着我，确实是一场挺大的雨。

雨不知道什么时候又斜过来，俏皮地调转了方向，居然朝着我们阳台的窗户来了。零星的雨滴落在我身上，急忙掩上窗。玻璃窗上慢慢尽是雨珠了。滚动，结合，滴落。

一只鸟掠过。不知是什么鸟，也分辨不出颜色。像天空上的一个投影。它显然被这场突如其来的雨惊到了，寻寻觅觅间又离开我的视线。

这雨虽下得不小，可是我并不觉得它会再下多久。雨声稍小，我总就有了要停下来的预感，因此分外珍惜。想着就又有了将停的迹象。

风似乎并不打算重新大起来，雨也没有重振的预兆。累了一般，下得缓些了。

渐渐愈小了，可是雨珠仍然很快地落地，带着屋檐上的串串也匆匆落地。

风已经彻底停下来。雨在收尾，伴随微风平息下这刚刚活跃的一切。

它终于彻底停下来。可是地上的积水告诉我这曾发生的一切。孩童的嬉笑声渐渐也响起来，由远及近。

接下来，自然是一场“踩水坑”的混战。

江畔星辰（之一）

夜。

还未完全褪去傍晚的红晕，混淆着紫红色的夜。永远有着什么在飞舞。飘荡，飘荡。烁着火光，宛若星辰的光芒，飘忽着，最终消逝。

那是孔明灯。江畔的人家总能看到随着夜色升起的它们。就在不远处升起，尽管在这之前我们也并没有真的去探察过。

来到江边。喧嚣袭上，数不尽的摊贩招呼着。

“孔明灯来放一个咯！”

我们于夜色中隐蔽起来，看着渐渐远去的孔明灯们烧灼的身影。

小男孩随爸爸点燃了孔明灯，让它在人海里亮起来，瞬间成为了万众瞩目的存在。软绵绵的孔明灯渐渐鼓将起来，悬在空中，像是接收人们的心愿。

负着心愿，孔明灯它浮起来了。艰难地缓缓地攀着天空向上去了，去了。在半空，忽承受不住了一般，向旁倾下。

所有人一阵惊呼。

它忽然燃起来，被灼热的夜色，一点，一点，吞噬了。火光无情地徘徊在江面，最终成为一点火苗，落在离岸极近的江中，被温润的水融化。这大概是残留的孔明灯耗尽全力降临的终愿。

就这样看了数个灯的升起，或真的上了空中，或永远地留在了江底。然后按捺不住了，决心也自己买一个来放。

装在塑料袋里的一片红色，取出来然后点燃了底部的蜡片。心是忐忑的。看着渐渐膨胀的孔明灯，手指间触碰到了一抹火的温度。朝着它许了愿。虽然不知道管用程度怎样，总要试试。

飞起来。终于飞起来了。忽然向下跌了几步，恍要烧去过路人的几缕头发似的。但马上便起来了，就这样默默地向天上顺风而去。随着早已飞上去的其他孔明灯，交错穿插，似场无声的竞技。它们长得都很像，可我知道，知道哪一只是我们放上天去的。就仰头安静地望着它，它仿佛也低头望着我。我们的对话淹没在了城市的喧嚣中，成为我们永远的秘密。

我看着它，就这样看着它。看着它从飘忽的一大个儿渐渐成了迷离的星辰，消散在世界的尽头。

一只孔明灯忽高忽低地飘游在江面，一个小女孩追着孔明灯沿着江畔向远处奔去。她的小凉鞋拍打在凉凉的路面上，发出“吧嗒，吧嗒”的声音。她像个逐梦的精灵，逐着属于她自己的那抹光亮，奔着，奔着，然后和孔明灯一起消失在我们所有人的视线里。

人群渐渐稀疏。零星的最后几只孔明灯也朝江面飘去。有一只停留在江面。

它像一颗坠入凡世的星辰，在自己的光亮中流连，迷失。回归了自己的梦境，点亮自己的那片夜空，沉睡在平静的江里……

江畔星辰（之二）

夜。

这是第二天的夜了。今日没有那样的霞，甚至寻不见月亮。夜就是那暗色的夜，被城市的霓虹灯映得发橙。

没到江畔，只是望着孔明灯冉冉升起的那块天空。即使仍能看到孔明灯的身影，倒也明显少了许多。

江畔人影稀疏，热闹的是有个流浪歌手搬了音响唱陈年的歌。

我们在江边闲逛。不时看到跑偏的风将孔明灯掀上树。孔明灯仍然忽闪着，清晰可见的火苗即将烧灼这一片树木。

人群会聚集起来，看着这盏孔明灯。就那样看着，不靠近也不远离，看着一场好戏。

热心的青年不知从哪儿抽来一根竹竿，又走出两个围观的小伙儿。一个环抱着大树猛摇，一个便拿着竹竿捣鼓。风儿忽然刮过，卷起孔明灯终于上天去。

我们也又放了一只。这样的光芒总能让我有几分欢喜的。把孔明灯的蜡板点着，居然不小心烧破了好大一个口儿。焦黑的边缘仿佛提醒我们被放走的愿望。

卖孔明灯的阿姨也凑过来，不知打哪儿摸出来卷透明胶，巧手一晃就在口上打了个补丁。重新给孔明灯充气，可是布罩已经发热。捏着布罩的手似乎也烧着了一样，滚烫侵蚀指尖。知道已经有人在看热闹了，一双双闲暇的目光聚集在我们身上。

重新许愿，将孔明灯放上天空。它打了个旋儿，沿着风向最终向江对岸的天空飘去。

愈远了。最终没有了火光的色，只是白色的模糊的一个点儿，像极了星辰。将要消失在天空那一头，它忽然坠下来。

羽毛似的飘落，缓极了。

我看着它的坠落，它似乎用尽全力在向上啊。

忽然间，那星辰似的影子消失了。

消失在无尽的黑暗间。

所有人不会知道这个孔明灯最终的结局。因为在这盏补丁孔明灯周围，有其他安稳的火光，有晃动的七色烟花。

然后我一直好奇着，最终这打了补丁的愿望能否实现。

不知不觉夜又深下来。人影越来越稀疏。迷蒙的路灯白花花的光线下，有飞舞的虫儿，有油绿的树丛。

有一盏因为挂在树上终究没能上江畔的夜空的，完全失去了光泽的，烧了一半的孔明灯。

显得潦草的字迹，是八个字的极简愿望。

“一帆风顺，心想事成。”

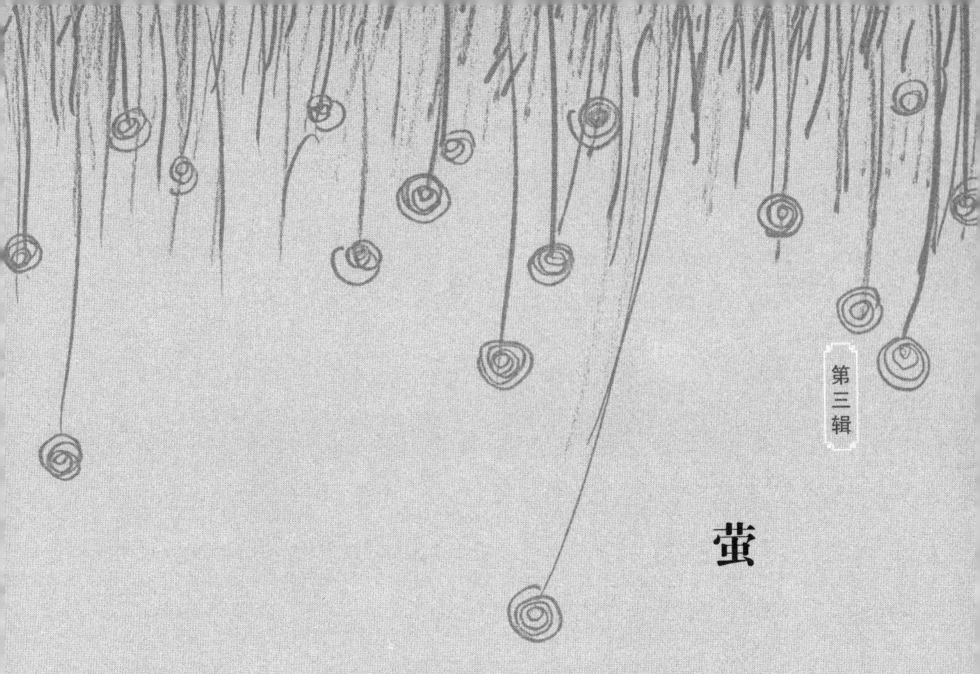

第三辑

萤

那无尽的夜色中

点点的游离光芒是什么

是迷途的星辰

是嬉笑的灵魂

或只是几只有些罕见的发亮的虫儿

仲夏夜村野

昨日也来过这里，只是当时天色未晚。当时天际的彩霞与山涧的流瀑是如画般的，当然又或许是那脑海的画如这风景一般。这两种景观相似又截然不同，是相互学习，还是本来一样而又分别拓展？我不知道，也许也没有人知道。思考这些问题，是毫无意义的吧？我总是这样想着。虽然想着，却又管不住自己的好奇。

此时夜很静。悄悄的小路，悄悄的树丛，悄悄的木桥，就连溪泉的流水也是悄悄的。小路两旁的一大片稻田还在那里，却再找不着了。什么都是深不见底的，什么都是留有悬念的，带来了无尽的神秘。这次前来不是漫无目的的游荡了，而是据说这里有萤火虫所以来寻的。从来没有见过萤火虫这种生物，听闻却不少。只有动画电影才会出现。在无尽的深

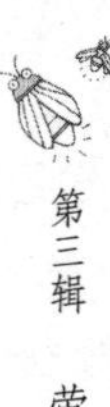

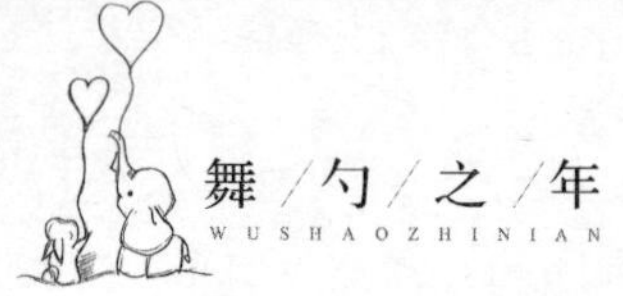

夜中，我渐渐想出萤火虫在我心目中的样子：两片小叶儿似的翅膀，不停歇地扑闪着，尾部珍珠般圆圆的一颗灯笼，散发出亮黄夹杂幽绿色的光，渐渐融合在夜中。那样美的色彩，那样奇特的光芒，实在难以想象怎么出现在现实这块有些变了性的画布上。

夜倒还真的又是不静的。蝉，蟋蟀，还有许许多多不知名的小虫儿不断地嘶着喊着环绕在我们的耳畔。乡下的天空白天是湛蓝的，黑夜是普蓝的，像一张泼墨的画布，隐去了边界，沉默着，缀着甚至看起来有些不合调的繁星点点。这有声音的画卷儿，倒让人觉得这静悄悄的一切都是为了聆听这不静的一切存在的。

愈是往了深处走，愈静谧了。夜沉下来，压迫着万物也渐渐沉下来。仰头渐渐能看见星座了，在沉沉的夜里感觉轻飘飘似进入仙境般的舒服。忽然见草丛一阵蠕动，倏地钻出草蛇来。这也是人生第一次见到野生的蛇儿，惊了一跳。模糊的夜色倒也没法看清楚那蛇样貌，只是隐约个歪歪扭扭爬行的长软条儿，迅速划过小路蹿到对面去了。这一下可是头皮发麻了，有些悚然地继续前行。

好久一段时间什么也寻不到了，偶尔眼睛捕到只蝴蝶也当是萤火虫要喜悦一番。

目光再次寻过稻田的时候，捕捉到一个小小亮点。只当是远处村民家残余灯火并不在意，可回想一轮又是忍不住朝亮点地方望去：这会儿竟连亮点也没了。渐渐又兴奋起来，一个劲儿望周围的树丛，忽然眼神就停驻下来——树叶交错间的，流动忽闪的，白色那一点儿的星辰似的跳跃游离，望着眼睛就也亮起来了，仿佛整个世界也跟着亮起来了，虽然其实它没照亮一渺东西的。几个嬉笑着在跳跃的，好容易寻着了又自己熄了灯的，一会儿又不知道从哪儿飞起来了。光源千变万化的在几棵相邻的树上呼应地闪着，和想象不一样的这一片，果真就是萤火虫了。

然后大家按捺不住了，有小时见过萤火虫的跃下小路俯身树丛里，熟练地一晃一拍，萤火虫被锁在掌心了。虽然很久没有见到萤火虫，却也不会忘记童年抓萤火虫的历险的。或在梦里或在心里，闲下来就会想起熟练的手法来。我们于是孩童般凑上来看着，捉住萤火虫的人也就小心翼翼打开手掌，萤火虫在他手掌亮起来了。明暗间是两对花瓣似的小翅膀，很小的一对儿。大家都万分感叹，可是没有人真的感叹出来。大家就这样围着这只有发光虫儿的手掌看着，看着，直到萤火虫自己反应过来回到树上。

很长的一段时间，我们就这样立在几棵树边上看着，偶

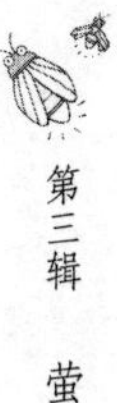

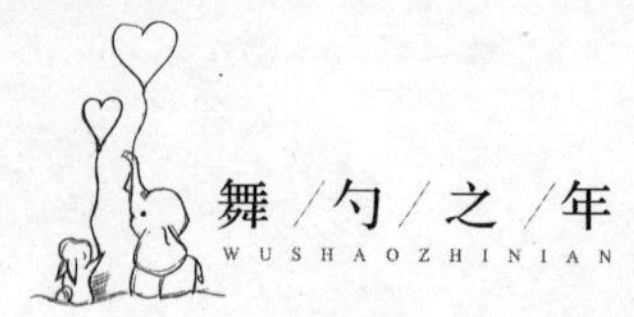

尔发现一只就惊呼着起哄地轻叫一声，手指着很欢喜地挥舞着。再后来声也不出了，只是看着，那样静静地看着，仿佛静悄悄的一切或不静的一切都这样停下来了，时间也停了似的。夜晚隐秘的小丛，成了它们的舞台。无人知晓的这里，有萤火虫都尚且是传闻。这个静悄悄的夜晚的深深树丛，成为所有人心中未解的谜题……

乡村·梦

打我记事起,就没有在农村真正住过几天。也从我记事起，乡村，渐渐成了我最向往的地方……

论起乡村，河当然便成了代表。它清澈，不像沟水那般浑浊；它宽大，不像溪水那般狭小；它自然，更不像城里的江堤那般死板。安详而宁静，优美而柔和……只要有太阳的日子，便处处都是孩童的欢笑。

干草堆就更热闹了。孩子们有的在草堆上打滚，有的躲进草堆里捉迷藏，还有的在草堆边追逐奔跑，也真快乐。

玩累了,大伙儿便回去拿了饭菜。家家离得也是极近的。虽然人家甚多,可家家都似亲人般相识相认。城里便不同了。即使对门，也最多只一个礼貌的笑容便立刻关上了门。 家家户户的牲口也是极多的。光看那满地的鸡粪狗粪也知道了。

那狗十分健壮，叫声也甚洪亮。皮毛上虽有些许污渍，也比城里整天洁白的懒狗们勤快多了。鸡也甚顽皮，常常扑腾着翅膀上了树，或是将鸡蛋生在了墙头上，也真叫人头痛。猪肥得几乎动不了。唯有饿急了，才会半睁着眼勉强拱几下泥土，随即倒下，发出“呼噜呼噜”的叫喊声。蝴蝶也是无处不在。从这家飞到那家，又从那家飞回这家，竟也没人赶它。只是羊有时会吓得“咩咩”直叫。这时湖面上会浮出一群鸭子，“嘎嘎”地取笑胆小的羊，蝴蝶却对此不管不顾，仍是悠然自得。

这样自由自在的生活，实在令人神往，谁都想去这梦一般与世隔绝的仙境——乡村。

田沿村短记

壹

人生记忆里，没有怎么去过农村。只是大城市小城市间相走而已。挺意外有了机会，自然来了。据说是真正的农村，那我便只是觉得有农田和破旧的屋子。对于农村的了解，毕竟狭窄。

贰

火车再转汽车。面包车也是少坐的，昏睡了一两个小时，很快地到了。可是农村的路修得异常整齐。平平坦坦的，并不比城市的路差。也听说这个农村是“新农村”，设备都先进得意外。到一条巷子，这也是条古巷。有青黑的瓦顶，从前的房子。檐上刻了许许多多木头雕纹，精致得很。大抵龙凤、花鸟鱼虫都是有的。檐极多，可是那老房子也住了老人家，

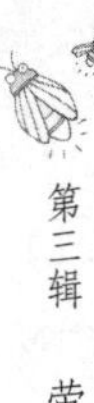

都养了狗的。农村的狗虽不咬人，也并不如何叫嚣，那大狗总归让我几分害怕，因此观望一番就略过。那古房子也种了好些花草，据说是药草，这边村中的人们生了小病总是摘这些草药医治。

叁

是中午到的，天气太炎热。通透的房子开不了空调，劲力的风扇不停地鼓吹，并不怎么出汗。农家也都很热情，搬出来冰镇的西瓜、葡萄，各式水果，摆了一大桌。房子不算破，倒很是温馨。闲聊一番，太阳便快下山了。本说要去瞧瞧西瓜地，也没能来得及，就沿着一条宽溪散步。路另一边是大片草丛，隐约在草丛后头也有大片的稻田。夕阳从稻田中露出来，新鲜空气的天空，一大片都洒满了灿烂的霞，烟似弥漫天际，不那样刺眼，却美得极致。

肆

接待我们的人家特地在不远的山间民宿开了房间。真是不远，走路十分钟便是极限。民宿也很好，和城里的星级酒店相比并不逊色。名字也蛮雅致，是叫“缘山堂”，概是因为民宿以后有连片的山。每逢“上巳节”时候，还聚集了许多文人雅士吟诗作画。房间里，能见到窗户外爬满了爬山虎样的植物。我并不详那究竟是什么，也没细究。忽然看到那些绿植间还有什么身影，近看居然是个小马蜂窝。以前见过一个蜂窝是在地铁站出口靠树丛的玻璃板后面，可几天就被摘走了。

伍

第二天本来打算清晨起来爬山看日出，究竟没看到。一早就去昨天那些人的家里吃早饭去。他们特意做了“清明果”招待。那是那边的稀有美食，过节才会做来吃。长得饺子一般，不过通身是绿色的。是饺子的咸馅儿，外皮是面粉等等和了蔬菜的绿汁做成。看起来好吃，味道也不凡。吃了清明果，又玩去了。很快地和当地村长家女儿成了朋友，到她家里吹着空调，互相谈着城市和乡村生活的差异，笑闹间也自然很惬意。

陆

饭后中午的确热得很。我就和村长家的女儿去买雪糕。便利店就在他们家隔一条街的地方。我们撑了伞去买，也热得近乎晕过去。物价和城里没差别，也有那种一块钱的“老冰棍”。我俩一人一根又往回走。回去路上经过一家银行。门口的地上居然有张百元纸币，空落落的躺在炽热的地上。

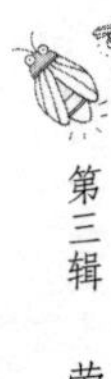

她先发现，于是捡起来。这附近并没有那么多摄像头，若就这样捡去并没人会追究。可是我终究不愿昧着良心捡钱，左顾右盼着。周围没人——毕竟中午的确热得够呛，无急事不会在大街上溜达。银行门口有个打电话的男人，身着白色工作服，大抵是银行经理。他正好打完了电话，我便准备把钱交给银行人管理。准备叫住他，他居然余光瞧我一眼就径直走到银行里去，顺手甩上了银行的门。可恶的大太阳，真是承受不住了。谁也不愿在热流中多待一秒。结果被热昏头脑的我们只好把钱放在靠路边的地上，奔回家去了。后来她爸爸村长回来后知道了，居然急吼吼地又跑出去，骑着电动车去找那张百元大钞。当然无果，也不知是失主发现后收回，还是被其他人捡去了。

柒

下午阳光弱下来，凉快许多，我们到田中去了。

首先去西瓜地。真是好大一块地，在一排平房后面，广阔极了。我们走进田去，学着找了熟的西瓜摘下来。大西瓜够重的，在坑坑洼洼的泥田里搬着极重的西瓜走路不是易事儿，于是找个小西瓜搬了出来。田里蚊子多极了，我又是容易被咬的体质，即使早做好双重防备也不免满腿红包。忍着痒继续前行，不一会儿就忘了。

去一片果园。这块儿就杂了，基本什么都有。桃园专门拦起来，有个老人坐在里边乘凉。看着我们过来，笑呵呵地站起来，颤颤巍巍地摘了桃给我们人手一个。我们赏着果园，他就不停地摘给我们桃儿吃。一直是一棵树上的桃，确实极多，总摘不完似的。可我们也要不了这么多，只是推辞，一人一个装篮子里带回去吃了。见识了一大片包粽子的叶儿，比人头高。青枣、葡萄之类也各采了些。再往后是鸡鸭鹅的天地。我们从人造的小池塘边棚子里走，路径都是相通的。岸上的鸡看到我们便四处跑散，鸭、鹅大部分也蹿进水里。可是有几只稍年迈些的鸭鹅似乎见过世面，并不动摇，仍然悠闲地走它的路。认识了一只叫方鸭的品种，老了似的，不下水，连硬壳儿的扁嘴上都尽是皱纹。幸运的是在路边居然碰到了凌霄花，确是攀缘的，在一根竖直的杆儿上。真是很多，橙红色的一片。

捌

夜完全暗下来，我们才又出来散步，有人说村野的狗儿都成精了，循着人散步的道儿和人一起散步，且十分通人性。看来的确这样。可我到底怕狗，还是不敢亲自验证。夜晚的天空似乎更加明澈，可以看见星连起的图样。据说这块地方

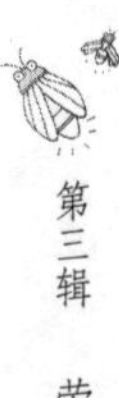

是有萤火虫的，细细找到深处确实有很多，还意外看到了蛇。回到民宿时已经熄灯了，晚上也和白天很不一样，我险些认不出路来。

玖

短暂的旅行将要结束。第三天一早到村子里晃悠一圈。村中有几棵粗壮的古树，据说是明朝万历年间栽下的。并没有怎样当作文物珍惜藏起来，甚至常有儿童钻到高树梢的树洞里去捉迷藏或乘凉。树干上缠绕了大圈红线，挂满许愿的绳牌。树是樟树，极粗壮的。后来有大雷居然劈断一棵，那棵断树最后请了雕刻家雕成了佛像，也一直立着。一个村民凑过来和我们说农历一个将要到来的节日——六月六。这边村子把六月六这个节日重视得和春节同等。这村民一直滔滔不绝地讲着，我也仔细听着。可是和我们同行的村民却当他不存在一样。后来人们告诉我那是个疯子，我也惊了一下，居然完全没看得出来。往前去街上还有长期的集市，卖什么的都有。吆喝声很响的，当然也有音响。热闹极了。

拾

旅程终结束了，我可发了誓还要再来。

萤

夜早渐渐暗下来，现在已经不知不觉地彻底黯淡。村野，仲夏的夜十分清朗，还能看见星座。

来到这里，是听了传闻有萤火虫。平生从未见过，所以期待一睹究竟。灯光几近消失，夜，只有蝉孤身吟唱的声响。忽然，一个小小的白点儿蹿过身前，在眼中留下一道久不逝去的光辉。我眼前亮起来，急忙地寻找那个遗失的光影。

是萤火虫！一定是！脑中刹那间只剩下一个念头，我寻觅着，像失了归处的幼鸟。光又一次有意似的钻进我的眼睛，我追随着它，飘飘摇摇。暗夜中，那点点闪烁的光芒是什么？是迷失的星辰，是漫步的精灵，还是嬉笑的灵魂？

我的脚步忽然踉跄，一下儿停止了。似千斤重，再抬不起。眼波流转，倒映出浅黄淡白的闪烁光芒。我一次又一次地确认，

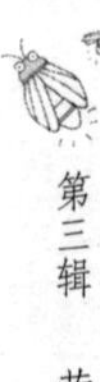

那是萤。几棵树之间，游荡着数不清的灵魂。它们用最轻的声音，在最静的夜中，没有声息地慰平了我过于兴奋的心。我仿佛不再是我了，风轻轻吹过，掀起我的发丝，将我吹到它们身旁，共同嬉笑。

尾间发出的光没有点亮夜空，却彻底映明了我的心。白色的浅光边缘，融化在水波荡漾的夜空。一只小巧的身影穿梭而至，旋着我的身子转了一圈，邀我与它共舞一般。永不停转的身影，流逝，栖在路的中央。

我看着它，看着光芒熄灭在无尽的夜色。我惊了一下，满目寻它的身影。几瞬，一个光明的身影，又一次划过天际，和刚刚熄去的影子重合了。

我松了口气，无声地笑笑。夜，连蝉鸣都仿佛停止。原来，萤真是最脆弱又最坚强的生命啊。

（外一首）

萤

思念 是暗夜里涌动的萤火虫

灯火辉煌时

你以为 它们不在

——题记

夜空那样静谧

清澈而又神秘

无光却充满色彩

闪烁着点点的星

照亮 一个谜底

星空下的深深树丛

有希望的光芒

是神奇降临

看到炽热的翼

萤光它

蹦蹦跳跳明明暗暗

在尘世做纯亮的岸

熙熙攘攘的人群

它不会停转

夜色笼罩

它终于小心翼翼

悄悄光临

终于看到你

心中最美好

夜中最闪亮

默无声息

黯然心意

萤光它

蹦蹦跳跳明明暗暗

在尘世做纯亮的岸

不论灯光明暗

它不会停转

一息尚在

无论如何也要发光

做最亮最坚强的

萤

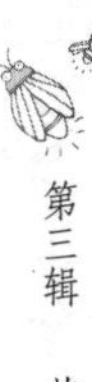

地心引力

如果世界没有地心引力
那么会是什么样子
摔倒并不是一个难题
因为一脚踩空就会浮起
我们可以穿过云层
看到星星在闪耀
如果我们不想下雨
就可以上天把乌云推散
晴天就即将到来
如果你把洋娃娃放在空中
她就会自己玩耍起来
我的梦
啦啦啦……
啦啦啦……

流星

一

暗夜的繁星璀璨天际，永远地绽放着一个美丽的传说——在流星划过天际的那一霎，许下心愿，心愿就会成真。这梦幻的童话一般的传说，也许不是假的。因为在很久很久以前的夜晚，流星真正明澈地划过天际的一霎，拥有了自己的回忆……

繁梦就是一颗流星。它是最出色的流星了，几乎没有完成不了的心愿。它为自己而骄傲，并努力完成着所有梦想。

今天又是繁梦寻梦之夜了。它仿佛早已看到众人万分期待的样子，那样兴奋与激动。光芒万丈的它，多闪耀的存在啊。谁会不喜欢一颗满足愿望的流星？

矫健的身姿划过天际。它默默记下所有愿望，在清朗的夜色划过，留下长长的线条，证明它的存在。

“我想考上好大学！”

“我想找回曾经的自己！”

“我想永远不长大！”

“我想要一辆自己的自行车！”

……

繁梦实现五花八门的愿望，实现它有能力且希望实现的愿望。

“我想……变成一颗流星。”

繁梦愣了一下。

变成……流星？

它转过身子，望着那个愿望传来的方向，居然是一颗固定星。

流星负责实现愿望，固定星则只是守护夜晚。它奇怪地盯着那颗星，可是最优秀的流星绝不能有实现不了的愿望。

它想着，熄灭光芒回到那颗星星身边。

“明天来找我吧。呐，我是繁梦，最优秀的流星！”

二

“我来了……我叫漾，是一颗固定星。”

繁梦上下打量着这颗星星，仿佛在宣誓自己的绝对地位。

“为什么要成为流星呢？其实固定星挺好的啊。”

“我也想实现别人的愿望啊。”

它回答得近乎理所当然。

繁梦再次一愣。

“但是……若没有能力，即使是流星也不能实现愿望的，而且还会……”

“那又怎么样？！只要有机会我就不会放弃呀！”

繁梦看着它。璀璨的聚集星光的眼神，漾开无数花朵。那样的眼神，太美了，漾进繁梦的心里。

“那就试试先来实现这个女孩的愿望吧！把我的星光借给你。”

“嗯！”

忽然，几束洁白的光泉流进漾相对繁梦黯淡的身体。

“我来实现愿望啦！”

闪耀着光芒的漾随繁梦沿着星辰的轨迹划下天空，在曜紫色的夜留下灿亮的痕。

“我想回到妈妈身边。”

那个女孩的愿望，似乎将要得到实现。

三

繁梦轻轻地停留云端，漾也跟了过来，一个失重险些摔下去。

繁梦待它站稳，指指云下的一户人家。

“就是那个地方，现在看你的啦。”

漾降下来，看着窗前小女孩双马尾的身影。尚稚嫩的脸蛋已有几分线条，纯净的眸中满是澄澈，却隐约映出几分忧郁。她侧过身望向窗外，漾所在的地方。尽管此时的女孩并不能看到漾。

她站起来，回身向装修精致的粉色系公主房走去。铺着白绒的飘窗，城堡窗沿的粉蓝色帘子被风鼓动，不时飘忽。本来纯白的灯光也幻出粉色的温馨色彩，好像也被风吹起来，辉亮漾的眼眸。可是这抹粉色的光，不知为什么总是无法让漾感到哪怕一丝温馨。它大概永远忘不了女孩的那个回眸了。

时间静止了一般，帘不再舞动。树停止了“沙沙”的诉说，灯光不再扑朔。漾微烁蓝光的眼不再流转，繁梦也没有任何动静。夜色下，仿佛一场所有人心照不宣的约定。

风乍起，女孩房间的灯熄灭。漾的眼中留下一丝星辰的零星光芒，不属于它的所有光芒尽数熄灭。草叶间隐匿的虫儿忽然变得极静，等待时机般挥霍着他们无名的默契。

繁梦与漾也不约而同地闭上眼。一霎除了排排路灯昏暗的黄晕，世界都昏暗下来，留下被两颗星瞩目的那女孩的梦。

四

女孩的梦境是纯白的，没有一丝的沾染。那样美好的童话般的梦境，似乎没有一丝瑕疵。

忽然间，没有预兆的，白色如幕布被瞬间抽离。背后的颜色有些混乱，似乎并不能辨识究竟是什么色，很斑斓，很鲜艳，却似谜底，无法看透。白挣扎着回到这片虚幻，尽力地复原了起初，可是没有发现，自己无论再怎么尽力也补偿不了的一个角落。它的色泽，在白色的梦境显得格外突兀。

五

夜，好静。

太静了，让人几分发怵。

虫鸣交错在一起，已不知道是谁发出，又仿佛都没有动静。

女孩睡得很平静，昏暗间平躺在属于她的公主床上。淡粉的纱帐半掩着她泛着红晕的脸颊，看不清表情。

“妈妈……”

比虫鸣更小的声音响起，在繁杂的夜空迅速被吞噬。她似乎蹙着眉，脸颊垂着一滴汗珠。

似乎又不是汗珠，而是眼角滚落的晶莹。可是没有人会知晓，在黑暗里发生又结束的一切。当星辰烁完最后一丝光彩，消失踪迹时，也没有人发觉不知何时已离开了的繁梦与漾。

“我们让她的妈妈回家吧。”

漾的神色很凝重。繁梦眼中游离着光芒，凝视着漾。

“这是违反自然法则的，你决不能这么做……看到了吧？如果要做一颗流星，你必须学会取舍。”

漾没有理会繁梦，或许根本没有听到。它垂下眼帘——光泽有序地扑朔着，映射在渐渐亮起来的夜空，直到消失。它抿起嘴角，可是没有笑得出来，只是露出了一个饱含深意的神情。不过繁梦还没能看清，这个神情就随着昨夜永远消失了。

六

漾的语气很坚定。

“可是……”

繁梦一度犹疑，最终，它无奈似的叹了口气，牵起漾的手。

“你知道吗？当你开始实现别人愿望的那一刻，就已经成为流星了。”

繁梦轻轻笑了，笑得很温柔，柔得若小雨时水面泛起的涟漪，又在刹那逝去。

漾终于意识到什么，挣开被繁梦轻握的手，在繁梦疑惑的目光下摇摇头，脸上闪过一丝苦涩。

“既然是流星，就不能这样了。”

坚定的语气回到了最初的稚嫩，繁梦的目光停滞在漾的身上。那里还有一个身影，与它重合了。那是昔日的繁梦。

繁梦转身背对着漾。多年作为“优秀流星”的它脸上总有几分不可收敛的乖张，却在此刻消失殆尽。

此时的它，陷入无人知晓的那个故事。

那个它最后也没能实现的故事。

七

天没有尽暗下来，月已经升起了。日月同处的小段时间，是它们之间无人能懂的对峙。即使没人知道对峙的发生，也不会有人不知道对峙的结局。因为月终将笼罩天空，欺下天空的最后一抹红黄。

漾再度来到小女孩家的窗台。它忽然发现这真的是一个很大的房子，奢华而精致。小女孩的房间极大，应有尽有，且极梦幻，是所有女孩梦寐以求的空间。

女孩放下镶嵌水钻的钢笔，碰到桌面发出“吧嗒”的声响。她似乎惊了一下，忙到门口查看动静。确定没有人，才缓缓

回到桌前，合上字迹工整的本子。

她拆下黑色辫绳，灯光又折射过来，把极小的精致皇冠图样照得亮眼。

女孩从床沿隐蔽的抽屉口小心翼翼地取出一条红色的丝带。她用手指缠绕进去，闭上双眼。许久没有笑意的薄唇终于微微上扬，一副流连神色。

她睁开眼,又看了看这根丝线,仿佛要记住它的每个角落。这并不是条质地很好的丝带，染色都不太均匀。可是女孩就这样看着那条丝带，视若珍宝。仿佛松手就会飞离一般。

她轻嗅发带，一股熟悉的味道流淌进圣洁的心灵。那是妈妈独有的味道，没有人可以替代。

把红丝带放回抽屉，转头望向窗外，漾不知为何似乎在女孩纯黑的眼眸中看到一丝将溢出的血红。

女孩似乎结束了她所有想做的事情，似乎轻轻——很轻很轻地叹了口气。

就连漾也没有听到。

八

梦中仿佛什么都没有。

空白的一切，没有一束光却明亮，放着许多东西却空虚。

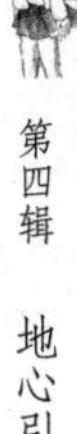

最中央是一只极大的，没有门的鸟笼，鸟笼下方是岩浆，仿佛看得见烈焰在烧灼。一只黑色羽毛的小鸟在鸟笼里面，显得极其渺小。它几度试图逃离，却几度失败。

一切都是最好的，可是它不接受。

它夜以继日地用嘴敲击笼门，没有停歇。

动作开始机械，时而猛烈且迅速，时而艰难无比。

漂亮的嘴唇沁出血渍，一滴，两滴。

“啪嗒”地滴落在纯白的空间里，又仿佛无限地坠落着。

永不着地。

九

“妈妈……我好想你。”

她没有说出来，却在梦境里格外清晰而响亮。漾听到了，也只有漾听到了。梦持续下去，却再没发生什么。可是漾愿意就这样陪着女孩儿，度过无比漫长而艰难的夜。

漾不想离开，可是霞光不允许它这样逗留。万物皆有不可违反之道。

它回到天空，在星辰的隐匿处找到繁梦。

“和你说一个故事吧。”

繁梦饶有兴致地望着漾，示意它说下去。

“从前，有个小女孩，她总是不敢一个人睡觉。她的妈妈告诉她，睡不着的时候就可以数羊，数到 100 的时候，妈妈就会来找她了。”

“可是她从来没有数到过 100。每次数到 99 的时候，就强迫自己睡着了。”

“因为她知道，即使数到了 100，妈妈也不会出现。”

繁梦意味深长地望着它。眼波流转，仿佛沉溺着亿万星辰。

“是她，对吗？”

漾微微点头示意。

“那么祝愿你能帮到她——这不是个好办的差事。”

繁梦回过头，侧对着漾。

十

“爸爸……我好想妈妈！带我去找妈妈吧……”

“……好吗？”

一个男人的高大身影映在光亮的地板上，一动不动。他没有说什么，也没有动摇。一声轻轻的叹息融化在黑影中，他动了动黯淡的唇。

“你找不到她的，她已经……已经化作天上的一颗星星了。”

执拗地坚持，却无法改变命运。女孩仿佛一只折翼的鸟，摔在地面却仍拼死挣扎。一束光透过宁静的窗口，仿佛不合时宜的过客，匆忙而短暂。

十一

漾透过浓厚的云层静静看着一切的发生，却束手无策。它第一次感到自己如此的无用。在白日，不论什么星也是帮不了她的。

繁梦看着一切的发生。

“这样的事例太多了。”

繁梦心事重重地望着一切，以及漾。它望着手心的一道深痕，又将那只手攥成拳头。

那里是它最不愿回忆的过往。

不知多少时间以前的那个事故，一场导致悲剧的车祸。它默默看着一切的发生，却没有伸出援手。皆因它铭记了流星的法则——它还不愿意坠落。它忘不了她生命尽头的坚毅，更忘不了他望着她时的绝望。或许天空留下的惩罚，相比没有实现那个愿望时的后悔要轻松多了。

“一切终究会过去的。”

繁梦不知道自己是对谁说的，更不知道为什么这么说。

只是一个个夜晚的流逝，它愈发知道了时间的可怖。

十二

夕阳坠落。似烧灼的火焰，烫红大片的云彩。它燃烧着，听不见白云的拼死挽留，看不到蓝天的逐渐黯淡。它落下来。

月是一弯细眉，只有零星光彩。冷清的天空在暗夜显得孤寂，一颗流星不经意间悄然流动，至女孩的窗前。

漾的眼神烁过堪比炎阳的火光，是那么的坚定。

相比漾，女孩的眼神彻底黯淡了。似蒙了灰的星钻，又似未经擦拭的水晶。

她在怀念她。可是她没有一句话，只是那样坐着。这次，漾清晰地看见她的眼角划过星辰似的泪珠，女孩也发觉了。

女孩睁大眼睛，徒增一丝被浅粉灯光点燃的光彩。一种从未有过的陌生感觉回荡在心中，她伸出两只纤细却稚嫩的手，胡乱抹着半红的脸颊。

漾看着女孩，眼里的光渐渐凝聚。最终形成的璀璨，似能照亮整个世界。

十三

女孩的梦境比漾想象中更暗。它虽看过女孩的很多梦境，却是第一次进入。扭曲而繁杂，零零星星的碎片是她的回忆。她的一生，似乎并没有流逝，而是全部藏进了梦里。

它看到一个女人回眸一笑的身影，看到她在女孩面前的离去。看到世界最终的灰白与星河刹那的灰暗。

漾没有犹疑，在梦境中发出了数束光彩。光照进鸟的囚笼，拭去它嘴角的鲜血，引出一扇打开的笼门。光指引着黑鸟离开笼子，向不知何时出现的窗口翱翔。

光托住纯白梦境中的那片黑羽，将它永远定格在半空的飘忽。

那种光芒，不是太阳的光芒，没有温度。更不是灯光，几乎没有颜色。但是光芒让人感到安心，能照进心头，抚慰黑暗，愈合伤口。

那是独属于漾的璀璨光芒。

十四

女孩看见了她的向往和希望。

她的嘴角终于泛起长期被吞噬的笑容，眼波荡漾出七彩的光辉。

她自信起来，闭上眼睛，笑得更璀璨了。

“你知道自己要做什么吗？对于一个流星，你不能这样啊！”

“我们都只是流星，不是神灵。我们没法让所有人都过得美满，只是实现几个能够接受的愿望。做不到，也千万不要逞强啊。”

“可是啊……繁梦，从我决定要做流星的那一刻开始，一切就再没挽回的余地了。”

“你……好吧，我会支持你的。”

繁梦何尝不知道它有多向往做一颗流星！流星能听到其他星星的愿望，那个愿望定然比火更强烈。它希望自己能让漾真正成为流星，也是因为它在漾的身上找到了当年的自己。

十五

这天大雨，太阳早不知何时经不起雷雨的突袭，被浇灭在暗空中。漾待月亮匆匆而过，再次落下。

漾落在女孩的房间窗前，她已经睡了。黑暗笼罩的夜，却有罕见的点点星光溅在她的脸上，似抚慰。光透过她的笑容，流进梦中的香甜……

黑羽忽然被照得明澈，一笔霍光绽放，映出一个身影。没有影子投射在地面上，但是白光闪烁处的人正在走近。女孩看清楚了那个身影：柔和的长卷发用一根红色的丝带缠起

来，随着无法感知的风飘舞。白色的长裙至膝间，细弱的腿迈着坚定的步伐朝女孩走来。看不清表情，就是那样的一个身影。

女孩熟悉到不能再熟悉的身影。

“妈妈！”

女孩喊着，声音带着哭腔。她向那个身影奔去，不顾脚下的沉重。那个身影显出一如从前的安宁，仿佛一切回到了曾经。她多想回到她的怀抱，哪怕只是一小会儿！

光照得世界都变得迷幻，纯白的尽头，再无人问津了。

十六

“你明明也该知道……你尝试过了。”

“那又怎么样？”

繁梦眼中映射出面前这个黑色的影子。

“不论如何，她的命运是无法改变的啊。”

黑色影子的声音空洞，实在太空洞了。没有人能听出它的哪怕丝毫感情。

“我只是实现她的愿望。”

“她一如当年连你也失败了的她，是没法改变的。”

黑影显得有些无奈，回身很轻很轻地叹了口气。

“不要怪我没提醒你——她和她的妈妈一样，注定会遭遇意外。”

最后，它这么说。

十七

灯光真的太灰暗了。甚至让人怀疑，若它没有亮，反而会看得清楚些。

可是它终究亮着，直到黎明。

女孩于夜中惊醒，再也触不到支离的往忆。她离开房间，离开了家。外面是磅礴的雨，她没有犹疑地冲出去。彻夜的洗涤将她冲刷了太久，可拭不去心中的伤痕。

繁梦，没有丝毫动静。它就在漾的身后，默默陪伴着这个孤独的身影。

繁梦看着漾，似乎是歉疚，似乎是弥补。它更知道，在它看不到的背后，漾的神情几乎和它一样。

那或许就是独属于流星的神情。

繁梦必须承认，它并不清楚流星与其他事物的区别到底在哪里。所以它甚至已经没法判断，现在的漾究竟是什么。

流星？固定星？

那个黑影的声音在它的脑海里无限徘徊。漾或许也知道了这个结局吧。

黎明将至，黑暗将会结束，可是没有人知道黑暗将在何时结束。

或许下一分，或许下一秒。

或许永远不会到来。

十八

女孩已放弃了继续等待。她的心，好像要永远残存在这个夜里。

女孩以最缓慢的速度向回转身，脚步沉重，似乎承载着女孩的命运。

在黎明到来的那一刻,妈妈会出现在她的面前,拥抱住她,再也不会离开!

如果当时……她没有离开她，一切会不一样吗?

繁梦已经回到天际，它明显发现了自己的轨迹在下沉。

它终究是一颗流星,当光芒耗尽的那一刻,一切就结束了。

漾没有回去。它似乎遗忘了时间，又像是要和黎明来一场决斗。

女孩终于完全转过头，她低下头，仿佛再不想看到眼前的一切。

漆黑的马路没有一束光明，路灯都已准备熄灭。在疲累的微光下，忽然白光闪过。

白光照得女孩睁不开眼，照得她的脑海一片空白。

时间以最慢的速度流逝，她望向白光照射处。

大概谁也不会想到这个结局。

因为，黎明前的黑暗，是最黑暗的。

十九

白光吞噬着一切，将一块夜色扫空。

一辆车疾驰而来。

没有刹车，没有警报，她甚至怀疑那里有没有一个驾驶的人。

刹那之间万物都失去颜色，变得苍白。

褪去了曾经的美好，冷得无情，白得可怕。

漾的瞳孔无限放大，它没有一丝犹豫，冲向女孩。

它用身体护住她，似已经下定决心献出流星的生命。

可是，没有死亡。

在最后的那一刻，停止了思考。女孩紧闭的眼帘穿插着身前灼眼的白光。

万物是明亮而美好的，心灵洗净。没有黑暗，没有黎明。

温柔而无底的光芒笼罩世界，唤醒了童话。

是繁梦。在最后的时刻，没有人顾及自己。它唤出了所有的光芒，映明了所有的梦境。

被洗涤的心灵忽然空虚，一切都虚无缥缈。

女孩的眼神显得空洞，她张开双手，仿佛在试图挽留。

黑羽落地，但没有裂痕。小鸟啄着铁笼，但没有流血。没有人影在洁白的无影梦境中徘徊。

另一扇窗前有一个小女孩双马尾的身影。纯净的眸中满是澄澈，却隐约映出几分忧郁。她侧过身望向窗外，那里什么也没有。

某个凝固的被遗忘的角落，有什么在渐渐消逝。

漾已经回到天际，马路上没有车辆。

结束了，一切都结束了。

二十

那天以后繁梦再没有看到漾，它不知道它去了哪里。每个白日与暗夜，繁梦似乎回到从前，那段只有自己的生活。

那段自己孤独却强大，寂寞而不空虚的日子。

它甚至都开始怀疑漾的出现,即使那是不可置否的事实。

它觉得，自己好像从来没有成为过一颗真正的流星。

暗夜中，它看不清路灯和楼房，看不清人与车流。

树林和沙漠融合，海洋与雪山漾开。

不知谁从背后轻轻推了它一下，让它终于真正瓦解。

或者根本没有人。

二十一

坠地的那个瞬间，繁梦的身畔迅速燃起磅礴火焰。

火！好大的火！

繁梦眼前的一切在灼烧！

滚烫的温度涌上繁梦心头，吞噬着一切。

一颗流星，怎么能害怕火焰？怎么能害怕结局？可是……

好痛。火光在它身边疯狂地扭动，仿佛一场狂欢的祭奠。

没有力气挣扎。火仍然肆意舔舐着它已遍体鳞伤的身体。自身的光芒早已黯淡，一切在火焰中化成灰烬。

刹那间天旋地转，火焰似乎变得透明。威胁的火光以外，是夜空的宁静和晴朗——是繁梦的家——或者说是繁梦曾经的家。许愿的人们都聚集在安全距离，被烧灼的火光扭曲的面孔带着袖手旁观的戏谑与讽刺。

星辰的上空还有一个身影——是漾。

它忽然明白了，漾这几日的消失是惧怕面对。可是它回

来了，自己却……

生命燃成灰烬的最终时刻，它朝漾投去一笑。

漾，要好好做一颗流星。

窗边的舞蹈家

舞着，舞着，像轻盈的小鸟，像优雅的孔雀，像曼妙的凤凰……舞台强烈的金光洒在沁子纤瘦的身上，璀璨夺目，似一颗闪耀的明珠。

沁子从四岁就开始学舞蹈了。

她喜欢跳舞。舞蹈，像她命运中独一无二的救赎，让她能够松气的一方净土天地。

可是，天生柔韧性差的她总也达不到老师的要求，因此总是站在教室靠窗边的角落。

从中班的她和小班的同学一起上课，至今成了五年级的她和初二的同学一起考级。一路过关斩将，她辛勤付出，终于考到了九级。

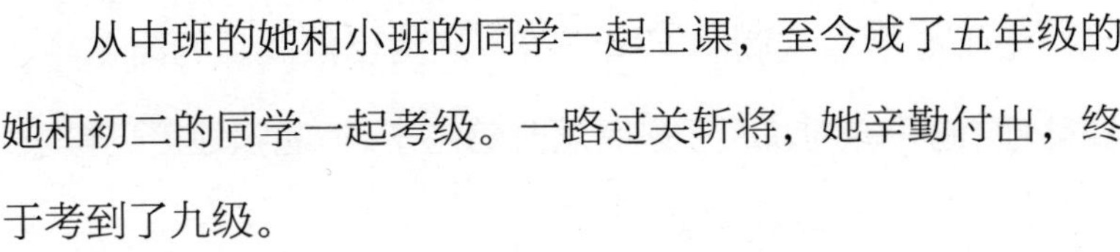

兴趣不似当年，却仍努力着，被“擀面杖”们挤在一边

的“牙签棒”就站在那扇长年开着的窗户边上课。

“一二三四五六七八，二二三四五六七八……沁子你方向不对！”

“三二三四五六七八，四二三四五六七八……沁子注意手型！”

踉踉跄跄地跟着节奏，明明已经尽力，却仍是最僵硬的那一个。

冬日，下课已是大汗淋漓。抹抹湿透的头发，穿一件白绒袄走路准备回家。

冷风凌乱地吹过，刀割般刮在沁子刚刚还湿漉漉的脸上。发着颤，沁子哈着热气快步走向路边的包子店。

买好热腾腾的包子，正准备一口咬下去，却见路边瘫着一个老流浪汉。

衣衫褴褛，蓬头垢面，在这样冷的时节，他的衣服很薄，皮包骨头的身子可谓弱不禁风。他那样无奈而绝望地瘫倒在一块破烂不堪的旧地垫上，半睁着眼睛，有气无力。

沁子心中立是满满同情，蹲下来将仍然温暖的肉包轻轻塞给他。他无神的双眼于是紧紧盯着沁子，很勉强地接过包子，坐起来用沙哑的声音道谢。

沁子微微一笑，起身奔往包子店又买了两个包子回来递给他。

他用长满冻疮的手颤抖着拨开塑料袋，有乱蓬蓬的白色胡茬的嘴缓缓张开，猛咬一口，嘴角抽动了一下，转眼把三个肉包都消灭了。

“小姑娘，这么冷的天出来做什么啊？”

“我是来学舞蹈的。喏，就在那里！”沁子抬起红彤彤的手指了指一栋舞蹈教室楼。

“那你跳舞一定很好看吧？”

“那倒没有，”沁子遗憾地苦笑了一下，“只是喜欢而已。”

“哦，爱好啊！”老爷爷被一团乱糟糟的头发盖住的嘴不明显地勾起，“有爱好，我相信你未来一定可以成为一个出色的舞蹈家！”

“也许吧……”沁子的眼睛出神地望着悄悄从天的一角爬起的月亮，满是憧憬。

老爷爷想拍拍她的背表示安慰，可当黑漆漆的脏手将要碰到沁子雪白的棉袄时，还是犹豫地放下了。

“我以后会去看你跳舞的！”老爷爷坚定地挪了挪腿，试图站起来，又差点摔倒。

于是沁子把自己跳舞的时间地点又告诉了老爷爷一次，笑着回家了。

第二周。

又到了跳舞的时间，沁子换好舞蹈服，走向窗边的那个角落。她看见，楼下的公交站边，一个苍老的身影在向她招手。

她报以一笑，用尽全力去做所有动作，那样全神贯注。

无论何时，只要她转过头望向窗外，那里就一定有一个苍老的身影在卖力地招手，给她打气。

“一二三四五六七八，二二三四五六七八，沁子动作很标准！”

“三二三四五六七八，四二三四五六七八，对脚步就是这样！”

沁子在老师一声声的夸奖中愈发有劲地跳跃着，旋转着。

于是她一点点地进步着，进步着，在自信中离梦想越来越近。

早已不是站在窗边了，但仍能从渐渐模糊的玻璃窗看到那个身影。

一年，两年，时光飞逝。不论刮风下雨打雷暴雪，那个白花花的身影永远在那里向她招手，给她鼓励，唯一不同的，是身影愈发苍老了。

考过了十级，沁子要去其他城市深入学习舞蹈了。她在第一次相遇的地方找到老人，对他说了这件事。

“啊，这样啊，还真不舍得你离开啊……”迷蒙的灯光下，老人的目光有些奇怪。

“那么，再见啦！老爷爷，照顾好自己啊，我会成为一名优秀的舞蹈家的！”沁子的目光很坚定，她扶着大腿站起来，渐渐消失在迷蒙灯光小路的尽头。

这也许就是老爷爷和沁子的最后一次见面。

沁子背着行李包，犹疑不舍地踏上了白色外衣的高铁，坐下来，靠着椅背，望着窗外。

再见了！老爷爷。她在心底轻轻说道。

列车缓缓动起来，愈加快了，一会儿便甩开了这座满载她记忆的城市。

全新的舞蹈教室，全新的同学，在她们之间，她不再是以前的窗边的配角，这一次，她是主角了。

曼妙的舞姿很感染人。她潇潇洒洒地跳跃着，楚楚动人地笑着，眼神习惯性望向窗外，总会仿佛看到一只长满冻疮的手在挥舞。

这只手，成为了她人生之路的指引。因为它，沁子才没有在这条曲曲折折是是非非的人生道路上迷失方向。

她自信地舞动青春岁月，在流逝的时光里穿梭，向前走，向前走，向前走……

这是属于这个女孩她独特的梦想啊。

渐渐地，渐渐地，她终于走向了梦想。

梦里，那个万人瞩目的巨大舞台，梦里，那些万人为之心动的闪亮的灯光，正在一步步清晰起来。

一个女孩，舞蹈着长大了。她为梦想做出了的是巨大的贡献——青春。

约十余年后，她回到童年的城市巡演。

原来那条灯光迷蒙的街道早已变样，但她绝不会忘记。她将演出地点就定在那附近。

他已经不在那儿了。她没能见到他最后一面。

而她可能永远也不会知道——老爷爷其实是个盲人。

Author's Notes

这篇文章是我在跳舞时忽然想到的。我从幼儿园时便开始学中国舞，至今已经考到十级了。在跳基本动作时，我所站的位置就是靠着窗。夜晚的灯火恍惚地照着楼下正对的公交车站台，能看到行人来往。每周的舞蹈课，都是很令人享受的时光，同时是我很多灵感产生的源泉。除了这篇以外，前面的《流星》，后面的《绽放》《天堂的电视机》等也都是在跳舞时想到的。

由于在情节设计上有一些漏洞，这篇文章发布在公众号时还引起过小小的争论。有读者觉得这不够真实：艺术应该源于生活。

我认同这篇文章确实缺少了些真实性，但这句“艺术源于生活”又激发了我的思考。何为艺术？艺术是生活的升华。世界的真实面存在的不美好，就是用艺术来弥补的。所以，艺术是插上了羽翅的生活。

飞

春天来了。鲜花探出了脑袋，新叶从树枝里跳出来，冬眠的动物随着泉水的歌声醒来了，一切都是生机盎然的模样。

在这个美好的季节，鸟妈妈生下了一窝可爱的小鸟，可是，有一只却是没有翅膀的无翅鸟——我。大家都知道，鸟儿几乎是以飞翔为荣耀的,那么,我这样一只没有翅膀的鸟儿，又是多么令人讨厌呀？可是，不管我有多么讨人厌，妈妈依然爱我，很爱很爱我。

在其他兄弟姐妹飞去妈妈身边觅食的时候，妈妈总是坚持用她那温暖的翅膀围出一条小路，让我先通过。

时光飞逝，在另一个鲜花盛开的春天的早晨，妈妈一如既往地背着我在天空飞翔时，一声枪响回荡在天际，妈妈翅膀的扇动声停止了，像一片秋风中盘旋的落叶般，向下落去。

妈妈倒在了地上，她对着背上安然无恙的我艰难地说："孩子，我要走了，记住，无论遇到怎样的困难，都不要放弃！"

"妈妈，你去哪儿？能带我一起去吗？什么时候能回来？……"无知的我心中的为什么多得数不清。

"我不知……道……"妈妈话音刚落，就闭上了眼睛，她永远永远地睡着了。

"走开！你这只没有翅膀的残疾鸟！"

"身为小鸟，竟然没有翅膀，真丢人！"

"是呀，你不配在我们的家族生活！"

"我们的妈妈都是为了保护你，才被猎人枪杀的！"

……

我没有办法继续在原来的家生活了，只好带上我的行李，向着远方的一片光芒前行。

我翻过了九十九座山，蹚过了九十九条小溪，历经千辛万苦，当我翻过第一百座山峰的时候，终于来到了那光芒的所在地。那里是一座灯光璀璨的城市，到处人来人往，车水马龙。

我在马路上行走，可是，行人们的大皮鞋、高跟鞋、铆钉鞋、长筒靴……，一只接着一只地在我的身边抬起又落下，

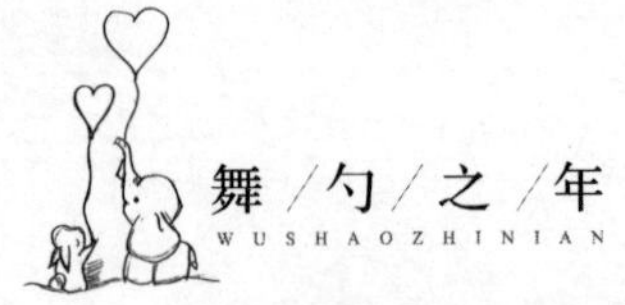

我左躲右闪，可是躲了这一只，又差点被另一只踩到，仿佛就算我有一百只眼睛，也难以逃避。

我连忙用力地跳上屋顶，可脚底一滑，又落到了一辆红色的婴儿车里，婴儿车的主人看见了，立刻把我抓起来向一旁扔去。我战战兢兢地从地上爬起来，发现自己落在了一只鸟笼旁边。

笼子里的鸟目睹了这一切的发生，正笑眯眯地看着狼狈的我呢！我反应过来，立刻羞红了脸。

笼子里的鸟主动和我搭讪道："你好！我们可以做朋友吗？"

我非常吃惊，我想不到，这个世界上，除了我的妈妈，还有第二只喜欢自己的鸟。我疑惑地问道："可我是一只一无所有的无翅鸟，你确定要和我做朋友吗？"笼子里的鸟肯定地回答："是的，当然。你虽然没有翅膀，但是你拥有自由啊！"

我立刻爽快地答应了。我们当了好长时间的朋友，每天都在一起玩耍。休息的时候，我就会给笼子里的鸟讲我身上发生的故事，讲我经过的那些峻美的山峰，那些清澈的溪流……听了一段时间以后，笼子里的鸟越来越向往外面那神奇而美妙的世界了。

一天，鸟笼的主人一时疏忽，把鸟笼的钥匙丢在了笼子的旁边。我来看望他时发现了钥匙，于是尝试着用嘴将钥匙衔起，可是锁被碰到了一边。我又尝试着用爪子开锁，可是锁晃来晃去，怎么也打不开。这时，笼子里的鸟张开了翅膀，轻轻地扶稳了铁锁。我再次将钥匙对准锁孔，“咔嗒”一声，成功了！在我们的共同努力下，我唯一的朋友终于重获自由。

他背起我，向远处那片绿色的山峰飞去。就像当年妈妈背着自己一样，我又一次感受到了那似曾相识的温暖。我们的身影在天空中，越来越高，越来越高。我看到山脚下那一片广阔的海洋，像我们的快乐一样，蔓延开来，无边无际……

即使是在我——一只无翅鸟的眼中，世界也是充满爱和希望的，当然，还有友谊。

Author's Notes

一天傍晚，我和爸爸在钱塘江畔骑自行车时，看见一行候鸟向远方的天空飞去，整齐的队形令人惊叹于动物世界生命的神奇。随后，我看见一只显然掉队了的小鸟，它奋力地向前飞着，似乎很努力地想要赶上队伍。我想，它可能是不幸受伤，又或者是长途的跋涉让它疲劳不堪。它一定很想念它的家人吧？它的妈妈一定也万分牵挂着它吧？小小的身

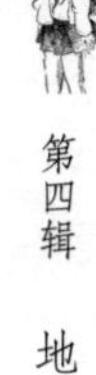

影在辽阔的天际顽强地飞着，看上去那么孤单，却又那么令人感动。当时我就想到了西顿笔下那只名为阿诺克斯的信鸽，在茫茫大海上所经历的漫长而艰辛的旅途。我在心底默默为这只掉队的小鸟祈祷，一篇以小鸟为主题的习作也慢慢在我的心中发芽。我想写一只没有翅膀的鸟，却心怀飞翔的梦想。在看似不可能完成的任务中，体现出坚韧不拔的品格。

希望这篇《飞》落笔之时，那只小鸟也和它的家人团圆了。

绽放

春姑娘轻拂大地。寒冬紧绷的一切解放了。花红柳绿，百花齐放，百鸟争鸣。泉水叮咚，溪流低吟。万物一刹那间美好和温柔起来。春姑娘开始点名叫花起床了。

水仙花！迎春花！瑞香花！玉兰花！山茶花！海棠花！……

花儿一个个陆续绽放了。兴奋的，迎春花，玉兰花那是早先绽了。懒起的，荷花，睡莲是夏天才开的，再晚了去，菊花，桂花迟来秋天也就匆匆探头了。毕竟冬天的狂风，实在难以抵挡。

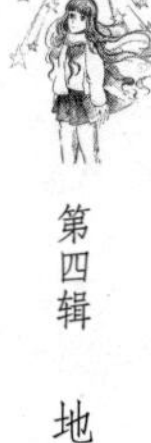

春姑娘叫完大家，也就带着春风春雨去了。接着便是夏天，秋天……

又到寒冬了。花儿早慌慌张张躲起来，躲不起来的也早

自落下来，藏在泥土里。

却有一株除外，那便是梅花了。梅花终于艰难地探出枝干，这才意识到：春姑娘把她遗忘了。遗忘在残酷的寒冬里。这株在诸多孤寂的枯枝间鲜艳的梅，不觉慌了神。

一片，两片……晶莹的六角形雪花悄然落下。从未见过雪花的梅花，不觉呆了。这样的一番美景，居然藏在深深寒冬里……

雪花飘飘荡荡，梅花不觉寒气遍身，哆哆嗦嗦地发着抖，昏昏沉沉间不禁晕了过去……

梅花再度醒来，雪已经遍布天地了。这样纯白的美，竟然比春天五彩斑斓的花海要壮观得多，却一点也不张扬，反而是静默的美好。已经看不出一片片的六角形了，柔软的白，让梅花彻底忘却了寒冷的威胁。

既然雪花可以在这样的恶寒下生存，梅花觉得要试一试。它努力抖足了精神，开得满树花骨朵。雪渐渐停了，花渐渐开了。艳红，浅粉，青绿……不觉绽满了这个冬天。梅花看着这些顽强的鲜艳，自豪地笑了，顽固地舒展花枝，开得愈发美了。

寒风又一次瑟瑟吹来，洁白的雪又来了。一片片的六角形，又一次飘飘荡荡地落下，占领了整个天地。梅花这次没有向寒冷屈服，它带领满树的花枝骄傲地挺起身姿。

纯白的画布上，多了几抹亮丽的色彩。那交织的点缀，让梅花度过了属于自己与雪花的另一个春天……

冬天又离开了，春姑娘再一次轻拂大地，花红柳绿，百花齐放，百鸟争鸣。泉水叮咚，溪流低吟。万物再一次刹那间温柔起来。春姑娘开始点名叫花起床了。

“梅花！”

没有花应答。梅花，它刚刚度过了属于自己和雪花的一个春天，并且它从那一刻决定，以后它的春天，就和雪花度过。

从此，每每寒冬来袭，梅花就会从大地上苏醒。它顶着一切寒冷的压迫，自信地舒展自己的每一片花瓣。然后雪会伴随着圆舞曲一步步降下来，一片，两片，三片……

秋叶缤纷

秋。

层次分明的绿不觉间已褪去了，替之是汹涌的红黄。似浪潮，却更似火焰。似积压的气息，在秋一瞬腾开，成了一场动地惊天的爆炸。燃红了夏的绿，春的粉，冬的白，烧灼着树上的每一片叶子。等到火光熄灭，我与身边所有的叶，尽已橙黄。风渐大，阵阵吹过，如宣示，如警醒，显得野蛮。一树的叶，再怎样相互扶持也终于掉下来。我最后地挣扎，在摇荡的树梢停留。

终于，风将止的最后一刻，我落下去。飘，飘，时空慢下来。

我仰头看着昔日我的枝丫，仿佛看到一个小芽儿，如我般日渐茁壮，占领了我的地盘。身后触及了温软——我知道那便是土地了。我将要被吞蚀，将要离开。我的身躯将永驻此处，为未来将替代我的新叶默默积淀。

一个白色的身影走近。我在阳光的拨离中将要失去知觉。

那是个小女孩的身影。她走过来，走过来，长裙在微风中舞动。我想望向她，可是没有力气。她伸出一只白嫩的手掌，托起了我。我微一惊，可是没能睁开眼。隐约，我感受到了她温柔的气息。如一阵暖流，洗涤了我的灵魂。我这才重新见到光明。

她已领着我来到我的树下。两只手翻开一本书，我被放在书页间，仿佛走进童话里。我忘了风，忘了树，就和小女孩一起步入书的美丽世界。

接下来的几天，她总是带着我来到这棵树下。她倚在树上，我倚在书上。

累了，便将我夹在蓝壳的书本中。我们一起看完了这本书。我并不知道用了多长时间，因为这对我已不重要了。

我们一起阅读，在书的世界不谙世事。秋的大爆炸离我们那样遥远。可是我，仿佛又开始一点点地沉睡了。我就在她的身边，静静地，静静地。不害怕凋零，因为我心甘情愿。

最后的那天，她又换书了。我一如既往地偎在书中，与她读着故事，直到彻底沉沦于黑暗的海洋。

我将永生铭记，这最后的故事。

这是一个小女孩，与一片秋叶的故事。

天堂的电视机

人，去世以后会去往天堂。

而天堂里，有一台可以看到人间的电视机。

只有一台，珍贵的一台。

它可以让逝者看到人间最牵挂自己的人的动态，一举一动。它是天堂与人间唯一的联系，备受关注。“嘿，让一下！今天我儿子上春晚呢！我走前他告诉我，第七个节目的右上角有他的！”

“那算什么！我女儿可是在第四个节目的正中央啊！”

大家会争先恐后地看它，尤其是在年三十。可以看到大家围坐在人间的电视机旁边，甜蜜蜜地笑着，看着，但笑谈间，沙发上会下意识地留下一个空位，而大家都知道，那是家人留给自己的。

即使平时来说，这台神奇的电视机前也不会空闲，大家唯恐自己不再被牵挂，抑或忘记他的模样言行。

死者的所有牵挂都投入在这台靠两岸牵挂相连接的电视机上，那也是他们觉得自己没死的最后一点安慰。

但是要是不再被家人记着，看到的电视就会是黑屏。遇到这种情况的人，他们会清楚地知道自己已经离开了那个心心念念的地方，那个度过一生的地方。他们终日飘荡云间，忧忧郁郁，阴阴沉沉。

“哟，你怎么不来看电视啊？”

“不了，我儿子讨厌我，不会看到的。”

“不试试怎么知道！”

大家把老人推到电视机前，电视闪了一下，灰灰的，无动于衷。

老人的眼神随电视亮了一下，也无光了，他深深地叹了口气，准备离开电视机前。

“滋滋……”

电视轻轻响了，老人犹豫了一下，重新坐好。

“滋滋……哗哗……”

电视缓缓亮了起来，电视前是老人的儿子蹲在老人墓前忧郁的样子。

老人立刻睁大眼睛，望着电视里那个与往日完全不同的儿子。

“爸。”

电视里那个从来都叛逆到极致的儿子这样轻轻对着墓说。

老人激动地颤抖着，布满老茧的手紧紧摁着沙发的皮。

“儿子应该知道您是为我好的啊。那件事，我应该知道的啊……”

儿子那么悔恨的样子，触动了老人心底最柔软的地方。老人皱褶的脸上滑下两行清泪。

“要是再给我一个机会该多好……我怎么会这么……”

老人的眼神那么温柔，好像透过了电视，轻轻抚摸着儿子遗憾的脸。

“爸……”

“哎！儿子…”

老人下意识地回答。

此刻的天堂格外安静，没有人来抢电视，没有人来打扰这对父子。

天堂里有一台可以看到人间的电视机，我一直相信。

第五辑

执笔走天涯

就让我们一起

在书的世界里

不谙世事

真相

向来喜欢鲁迅先生的文风。

他的文字是活的。曾经看到许多描述人的文章时都爱说“将文字写活起来”，可是我心里鲁迅先生是将这一观念表现得最透彻的。他的文字是活的，每一个字都是。他活跃着的文字牵引着文字所述，尽皆变为活的。每一个人物，每一件事，或大或小。也许他们真实存在过，总之我不知道。可从他的文字，一笔一画间，这个活人就是在我眼前的。我没法怀疑这事的真假,或许只是隐喻,但在我心中就这样存在了。

《呐喊》是鲁迅先生的短篇小说合集,每篇几乎都是写人。写的是人,从头到尾是人。穿插着人物的故事。但是写的是人,意图不是了解这些人。每个人自己的特点，是当代社会的人物性格。所有这些丰富的性格，堆积、交错，锻造出一个完

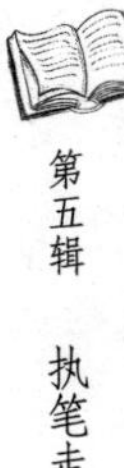

整的社会。

可是那是旧社会，而我们也清晰地看到鲁迅对于旧社会的讽刺。虽然尖锐，每一条我皆不反对。有些人权位极高，不得不服从，却叫人讨厌得紧，更多是平民和穷人。或许讨厌这些人，因为他们各有缺点和厌处，但是更多的是讨厌不起来的。看着他们偷窃，是为生存。他们奉承，是为生存。他们说谎，是为生存……

生存是旧社会所有人的底线,所以大家无论如何得保住它。

在“人吃人”社会被逼疯的“狂人”，似看破了红尘，又似在红尘的最外圈被困。他在残酷现实中担忧着别人已然管不到的东西，在血红真相里沦落为一个疯子。可是最后的最后，他说了一句话：

“救救孩子……”

人吃人的社会再不要降临在孩子头上。浅看是疯子的胡言乱语，细品是旧社会的面纱后面的真相。

孔乙己是读过些书的人。曾是替人抄书的，可是好吃懒做并不愿抄，最终成为乞丐似的人。孔乙己偷盗的事和他的文人腔最终成为酒馆里所有人的谈资。后来被打折腿了，靠着手爬进店里，仍然有人取笑他。他的目光中的恳求是一个自命清高的人的底线。

长久不来店里，并没有人挂念。只有掌柜以前记账时还念叨他欠的钱。至今没有见到，大家断定孔乙己是死了。没有人伤感，不说泪水，甚至没有一句挂念。他们看着孔乙己，孔乙己像个小丑。他不是他们的熟友，是寻乐子的玩具。

一次性，用完即扔。

一个勇敢刺猹的少年闰土，心底装着大自然秘密的闰土。家境困难了，三十多年后再相聚，居然毕恭毕敬地叫起“老爷”来。养活一家人的重担，活生生将他折磨成了旧社会的傀儡。遵守规矩，不可越界。

没有权位而被欺辱的阿Q，学会了自己成为赢家。即使吃了怎样的亏，似乎赢的人永远是他。可是谁不知道，他输得那样彻底了。后来不畏的他，盘了辫儿反叛。内心其实那样单纯！仿佛一个淘气的孩子，开玩笑一般。就这样被冤枉。可是他安慰自己一切也许本该发生的。也许确实这样，深处旧社会的他，身不由己啊。游街示众以后，他被枪毙了。

可是没有人怜惜。所有人只是可惜，这个死囚在游街时居然全程不唱戏，耽误了他们的热闹。

这个世界上，生存和理想从来不是一样的东西。

有人这样说，我大抵也是这样想的。

岁月不小心淋了雨

题记

我慢慢地、慢慢地了解到，所谓父女母子一场，只不过意味着，你和他的缘分就是今生今世不断地在目送他的背影渐行渐远。

——龙应台《目送》

这本书，令人感动。

是散记的，一章章的文字并不连贯。但足以令人印象深刻，因为每个字，都敲打我的心灵。

有一章，写她老年失忆症的母亲。

母亲不知道她是谁了。

但是，知道她的女儿，叫雨儿。即使这样，她也不记得

现在的雨儿了。

就算雨儿昨天才刚刚去看望过母亲，几分钟的工夫，她就又觉得已经几十年未见雨儿了。

曾最疼自己的亲人，忽不认识了。

真的，岁月如刀割。

时间，过得太快了。快得令作者恍惚。

“时光，是停留是不停留？记忆，是长的是短的？一条河里的水，是新的是旧的？每一片繁花似锦，轮回过几次？”

与父母相逢一世，真的只是看他们从人变为影子的伤痛变化。

最可怕的，是自己根本无能为力。“因为无法打开，看不见沙漏里的沙究竟还有多少，也听不见那漏沙的速度有多快，但是可以百分之百确定的是，那沙漏不停地漏，不停地漏，不停地漏……”

那，什么是幸福呢？“幸福就是，早上挥手说再见的人，晚上又平平安安地回来了。”

一切依旧。

但是，时间飞逝。

不变，亦是变。或前行，或后退，不止步的。

如封底所言：“这是一本生死笔记，深邃，忧伤，美丽。”

致敬金大侠

平生最爱的作家，便是金庸先生。

我爱他的文字，更爱他那侠义的世界。

快意恩仇的武侠世界，仗剑走天涯的态度，曾经就是我的向往。

认识金庸的第一本书，就是《射雕英雄传》。那时我尚不喜武侠，更不了解武侠。可是郭靖的性格让我认识了金庸。

他有些迟钝，可是努力。没有欺诈，没有阴暗，他是光明正大的大侠,仿佛那些稍有心思的坏人,都是会因他惭愧的。他的刚正，是受人尊重的。

可是在他成为大侠之前，没有人会知道大漠间有一个刻苦的少年。可是他的执着胜了，终于成为一代大侠。

我为他的生感叹，为他的死忧愁。可是他相比那些无数心机囧测的小将，胜得彻底。

金庸在武侠的世界，也胜利了。他写出了情义，写出了人性，写出了“好人”与“坏人”的区别。他能写出情义，就必定是一个有情义的人吧。正如他在《韦小宝这小家伙》这篇文章中写道的：“中国人的重视人情与义气，使我们生活中平添不少温暖。在艰难和贫穷的环境中，如果在家再互相敌视，在人与人的关系中充满了冷酷与憎恨，这样的生活很难过得下去。……中华民族所以历数千年而不断壮大，在生存竞争中始终保持活力，被外族压倒之后一次又一次地站起来，或许与我们重视情义有重大关系。”

我与他本人当然未曾谋面，也为此惋惜。可是我对他的文字，已似相识太久的老友，无法割舍了。

因此，我收藏起金庸的全套书籍，一遍，两遍……就这样读下去。

为何大家谈起金庸这个作家，总称他为“金大侠”？

大概他就是一个“执笔走天涯”的侠客吧。

何尝不是呢？他定是带着自己那可与黄药师之玉箫，欧阳锋之铁筝，洪七公之打狗棒相敌的独家法宝——笔，去闯荡江湖的。

而就在今天，金庸离开了这个世界。我怀着敬仰之心在此纪念他的永恒。

因为从此，他便要持着自己那有力的笔，到他的江湖去了。

（写于金庸先生仙逝当日）

Author's Notes

记得那几天，几乎所有人都在缅怀离去的金大侠。

他是一个成功的人，勾勒了江湖，明亮了几代人的青春。

就是这样一位大侠，因为他的文字鲜活着，我们也渐渐觉得他会永生了。

可是他终究离开了我们。

他是我们的金大侠，永远的金大侠。

我会相信，他只是带着他那有力的笔，去他那快意恩仇的江湖闯荡了。

大家都在以各自的方式缅怀……浙大教授追忆着金庸在浙大时的师生情义，感叹那不会逝去的一句“我永远是你们的大师兄”；一位画家发了纪念他的185张私藏原版插画；而音乐老师们演奏了钢琴版的《铁血丹心》。

大家用自己的方式告别了金大侠，可我还是坚信，属于金大侠的武侠时代，是永远不会逝去的。

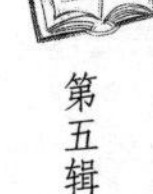

第六辑

校园转角处

有时

古树不太放心

便派出了枯叶去送行

舞勺之年

篝火升得很高

从蹿进星空的火花

回忆喷薄出来

每个熟悉的面孔

独特的笑脸

在火光明灭里

映射出最初

最初的美好

……

一

篝火晚会。三百多人围在柴火堆成的巨大篝火周边，身怀绝技的同学们在火光下载歌载舞，一曲婉转悠扬的笛声远至天际，身着汉服的女孩们腾起曼妙的舞姿，仿佛与丝绒般的夜幕融在了一起。

在欢乐吵闹的气氛中，大家早已忘却属于毕业旅行的忧伤。音质一般的音响和偶尔出错的音乐、同学们的高声欢笑和低声细语，将大家拉回不那么梦幻的场景。

直到烟花燃起的那一刻——

从行程表上隐去的烟花，在篝火中突然蹿向高空。爆破声鼓动着心跳，一条歪扭的线飞速冲上天空，绽开七彩的光芒。惊喜在眼中冉冉而起，全场默契地没有一个人说话。大家都用最安静的心，最认真地凝视着炫美的花火，一朵、两朵、三朵地露出笑颜……

直到烟花燃起的那一刻。

烟花，既是整整三天的毕业旅行的高潮，也象征着结束。高潮往往出现于尾声。

所以才会在欢乐中感到一种遥远却清晰的落寞，所以才会默默祈祷最后的花火可以在空中多停留一刹那。而任何开始都创造了将来的结局，因为不存在永恒。如此我们也只能一次又一次地迎来下一个开始和结局，因为时走，风吹，树动，影摇，没有人能永远停下。

二

太阳和空气都很清新。途经一片辽阔的草地，浩荡的人马一趟趟搬着砖块与木柴；成熟且笨拙地思考着将砖块摆成能架起锅的阵型。七手八脚地垒高，然后把沉甸甸的、被阳光烤得滚烫的铁锅搬上来，为了烧柴将脸烤成炭色，锅中的油起火而跃起火焰与浓烟……被烧焦的砖块与小片草地，成就了竟也还上相的农家美食。

锅中传来的浓烟熏得眼睛刺痛，可以看见透过炊烟的地方，一切都在波浪般舞动着，如梦似幻的汩汩清泉上，被同学们用石块、木板和劳动布手套搭起了水坝与桥梁。草丛中潜伏着小青蛙、细长的花色小蛇和叫不出名字的虫儿。知了的叫声猛的炸响又戛然而止，像害怕蛇虫的同学一惊一乍的尖叫。

三

炊烟燃尽，夕阳西下。在郊区格外明朗的蓝天，晕开橙色紫色红色的绚丽晚霞，像是大自然在宣布自己最强画家的实力。可是偏那霞景的下半段，有一笔像被橡皮擦抹去了一般，只黯然为天空的蓝色背景，蓝得没有一丝杂色。我要为那段天空而悲伤，它没有夕阳的记忆。可是这整片的天，又定然都会有失去夕阳与晚霞而迎来黑夜的时候。那时说不定，便只有那片天空不会为夕阳的离而殇了。

可是我仍然要为这段天空而悲伤的。因为与一切的相遇，与它们共度的绚烂与美好总和，要比它们离去时的悲伤，强烈得多。

四

正值满月之时。月极明亮的，清晰而圆满。我们悠闲地荡着秋千、摇着木马，回归儿时的玩乐时光。持着手电筒向月光照去，形成一道光束，像能和月呼应似的。能在夜色中辨认出北斗七星与北极星；远离人群的草坪难得寂静下来。

另一处草坪搭满了帐篷。各色的帐篷睡袋，就是今晚我们要入睡的地方。可是这样两三人窝在一个帐篷中的情景，自然是很难睡着的。十点就宣布熄灯入寝的营地，直到凌晨仍传来窃窃私语的声音，伴随着某些同学的鼾声与梦呓。露水渐渐浸湿了帐篷，直至第二天清晨，整个帐篷表层都已经湿漉漉的了。太阳刚刚升起，大家就陆续从帐篷里钻了出来，互相串着门，又追逐打闹起来。烈日当空以后，寒颤的气温才开始突然转为酷热。从羽绒服到单薄短袖，只是太阳升起的距离。

五

启程去梯田的茶山上采茶。很高很陡峭的山坡，没有石头的阶梯，必须从松动的土坡踉踉跄跄地爬上去。我们互扶着登上去，采毕便又互扶着下来。因为从山脚到山顶其实都是有茶可采的,所以从大家采茶的位置居然也能看出性格来。不过那山顶，是不允许攀登的；下来会十分艰难，也更危险。后来把我们采的茶送到茶厂加工，加工完毕又送回了我们手中带回家里。径山茶，有一股沁香与淡苦，浅浅化在舌尖。可是它已不仅仅是径山茶了，它成为了我们的独家记忆，将在人散之时，留下余温。

第三次晚霞泼墨般潇洒在天际的时候，我们已经返程，结束了毕业之旅。

六

《礼记·内则》记载：“十有三年，学乐，诵诗，舞勺。成童，舞象，学射御。”孔颖达疏：“舞勺者熊氏云：‘勺钥也。’言十三之时学此舞勺之文舞也。”世人于是以舞勺代指十三岁。

十三岁的我们，正值舞勺之年。此刻，相伴六年的同窗一起走过了记忆的时光回廊。在未来的半个学期之后，我们的缘分或终将如那暗夜花火消散殆尽，只留下丝丝细烟迷失徘徊。可是我也和那有晚霞的天空一样，不会后悔相遇：离别只是晚霞的下一幕罢了，它因曾经的灿烂而存在。

Author's Notes

谨以此文，献给我一直深爱的文海、我敬爱的老师们，以及我们最最特别的五班。

记得小学之初，一年级的我们在一起想着该玩些什么，一个同学忽然着急地叫起来：

“快一点啊，我们只有六年的时间了！”

这个在当时被视为玩笑的催促，在六年后被想起时令人哑然失笑。六年真是漫长而又短暂过头的时光，就此迎来尾声。

翱翔

天有些阴沉，刚下完雨，好些日子没有见到阳光了。秋日的天渐渐冷起来。这样的天气，和那天如出一辙。突然兴起回到牵挂着的小学部，踏在不再属于我的操场上，看着那些陌生的孩子的奔跑，有一种“笑问客从何处来”的疏离感。

我默然地看着，操场上的人影渐渐模糊，一群熟悉到不能再熟悉的，穿着统一的亮粉色单薄短袖足球服肩并肩的孩子庄重地踏上了还有些湿滑的足球场。其中一个穿着 11 号队服的和我那么像——啊，那分明就是我。我醒悟：这是我们的最后一场比赛。

我记得那时我们的心情。

再输一次，我们的队伍就要“出局”解散了。比起在全市称霸如日中天的文海男足，我们这支为了参加区级比赛而临时组建的女足队实在孱弱到不堪一击。

仓促上阵而从未经过训练的我们，就这样凭着同是文海人的微薄默契保持着从未进球的纪录艰难地度过了三场没有胜势的比赛以后，居然没有想过放弃。我们都知道彼此心中的沮丧以及最后的坚持是多么强烈而脆弱，于是面带着宽慰和微笑彼此说："加油，我们能行。"

即使队友间的实际水平确实存在很大落差，但是我们的队伍看起来仍旧整齐。粉红队服亮得有些刺眼，可是在暗灰天空下的单色足球场上，正好显得我们仿佛理所应当用尽全力狂奔。

对手据说是所有队伍中最强大的，同时也是去年这个比赛的冠军——其实去年他们拿冠军的时候，文海还根本没有女足队呢。过大的落差很容易使人察觉不到希望，可是我们没有。没有来源的自信像没有来源的鸟鸣一样带来了能量。

我们终于上场了。

我们的守门员是一个很敦厚温柔的高个子女孩。金边圆框的眼镜反射下，看不清眼神。不过还是能从她凝视足球的动作里觉察出那份渴望。位处边锋的我也开始配合主力前锋的动作——球此刻在我们的掌控之中。对面的球员一副有恃无恐的样儿，好像根本不稀罕来抢球。这反而使我们有些不

愉快和惶恐，愈发乱了阵脚。

“为了文海，为了我们，加油！”

守门员忽然大声地喊了一句。不用回头确认，甚至不用停顿，她的嗓音是那样与众不同。于是忽然之间，两个前锋不约而同地传球向前跑去，那样迅猛，像两注粉色流泉射去。对面的一个后卫却毫不讶异，迎接远道而来的客人一般跟上前，熟练地一旋身抢去了球，传给守门员。

能感觉到我们队的人已经全体屏住呼吸，此刻那个“万众瞩目”的球在天空划过一道靓丽的弧线，安安稳稳地来到我方后场。我这才发现对方的前锋早已神不知鬼不觉地站在门框边上了！

本就从未训练的我们是没有队形安排的，于是全体就这么逐着球奔近。可是来不及了——那个球已经随着一脚漂亮的勾起跃入门框——可是没有进框——它向我们的守门员的头部射去了！额头正上方，看着都能感到眩晕。

下一秒，裁判的哨声如同撕破迷雾的一响，全体队员都冲向受伤的守门员。她已经疼得哭了，呜咽着把头埋在膝盖中间坐在地上不让我们看。于是我们只好从她膝盖缝里听到闷闷的声音。

“我没事，不用担心，我们都要继续加油！”

她坚持没有下场，倒也是我们人实在少，根本没有候补的守门员。

于是我们看着这位刚刚被撞了脑袋的女孩，面带微笑、摇摇晃晃地站了起来。

她是我们的慰藉啊！我们也报以一笑，然后回到战场。

因为守门员的情况，我们很默契地拼尽全力没有让球回到我们的后方场地，只是在前半场徘徊，不过……大概现在的对战情形就像是一群野狼和一群小兔的肉搏一样没有悬念吧。

忽然，一个冰凉的雨点落在我身上——下雨了。

天空已经在不知不觉中越来越阴沉，雨也愈发滂沱起来，很快浇淋了我们全身。在秋日的凉风中让人时不时打起冷战。看不清其他人的脸，可是亮粉色队服和足球还是很显眼。忽然，我们的前锋滑倒在地。草场上湿漉漉的泥水一滴两滴地溅起，浊了她的衣。我甚至好像听见她倒在地上时“嘭”的一响。然后仿佛听见火山爆发的隆隆声。

不到一秒，她忽然抬起天鹅般的头颅，用雄鹰似的眼神盯着面前不远的那颗黑白球体。她站起来。我听见谁在欢呼，谁在呐喊，谁在高唱。然后那个亮粉色的影子，在风雨中顽强地撑起一道彩虹。我们看到她像是飞起来，引领着球向门

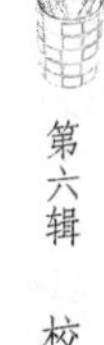

框而去……

我回过神来的时候，操场上亮粉色的身影全部消失了。跑动的陌生的孩子还在跑动着，从未离开过一样。他们还是他们，我还是我。可是从此再也不是女足队的队员。

五年，熟悉了这座校园。一步两级台阶要怎么跨可以刚好踏到最后，哪个老师比较温柔抑或是中心广场的地球喷泉有11层圆环，一楼的导语只有一行字，二楼是两行，三楼则刚好是三行……

能吃到斑斓的扬州炒饭和金灿灿的芙蓉虾就会很开心，青菜的叶片里可能会偶遇蜗牛和青虫。2号打饭窗口通常会最先开启，饭桌从前其实是白色。除了现在浅绿的饭桌，还有冬天的白色雪花，春天的粉色樱花，夏天的绿色香樟，秋天的黄色银杏。女老师的花裙子，沉稳红和清新绿的操场，疑似橙白色的教学楼，雅亭转角处的苍翠大树和大门口的灰石雕，我们亮粉色的球服……

可是我还没有记清楚哪一层的消防栓上写的是什么诗，时常忘记每节课的上下课时间，甚至还说不出体育办公室是在办公楼的一楼还是二楼，不知道红色粉色黄色橙色绿色蓝色的校牌分别对应哪个年级……

可是——

如果——

没有如果。一切都再也回不去了。

像春时被遗忘的银杏和秋季被遗忘的樱花，我们是至此再不会被记起的故友。

最初被遗忘在操场角落里的那只已经破旧的足球，它是一切的经历者。曾经的瞩目是永恒的纪念，而灰暗则是为了更辉煌的未来。如今的文海，新的女足队重建了吗？现在的她们训练有素吗？我不知道，也从此不会听说。因为在我心中，文海永远是那个我所存在、生活、热爱的文海，而她的女足队成员从来都是那天在雨中，在赛场上翱翔过的“亮粉色”们。

永远不会改变。

致校长

尊敬的校长：

您好！我是来自五年级五班的一名学生。

您是从文海建校以来就与文海同行的老师，也是对文海这所学校的发展最有发言权的老师，更是文海的现任校长。我相信，您一定对文海一步一步的成长十分欣慰！

我是与文海共处五年的“老学生”，也由衷地喜爱着它。童年的回忆，欢声笑语间五年的飞逝，看着操场的重修，六艺楼的兴建，学校一切一切的变化，历历在目。五年之期只剩几个月了，我即将去往中学部。每每在校园里独步，唯黯然感叹时光之流逝。

五年来，学校不断进步着。然而我还是希望，我心中的文海能越发美好。请允许我为校园以后的发展，以文海小学生的视角提出以下几点建议：

一、给制作芙蓉虾的大师傅发一张奖状

每天中午，我们都会在学校食堂吃饭。而食堂里有一样人人皆爱的食物：芙蓉虾。此虾乃脆皮包裹，外酥里嫩，香美可口。但吃到的次数是极少的，更从一学期几次变为了几近“一年一度”的珍味，为万众瞩目的美味，即使赶上好运气吃到了，也只限量供应每人两只。可是近期竟是渐渐消失了，再没能尝到我们午餐时这一美好的回忆。我谨代表同学们向学校提出建议：让这种美好延续下去，可否？另外，郑重建议给制作芙蓉虾的师傅发一张奖状！

二、奖状，我们不要复印件

说起奖状，文海是一所有着诸多特色的学校，每年都能争得许许多多的荣誉。可是有一个问题：团体比赛或小队活动的奖状经常只发下来一张给队长或学校保管，而参赛队员则只有复印件保留。这其实是不公平的。每一个团队的荣誉，都离不开全体队员的辛勤付出。就像奥运会的奖牌，一支参赛队，是每人一块奖牌的，否则难道让大家回去把奖牌掰开？如果下发奖状有限，建议学校的打印机换成可以彩打奖状的

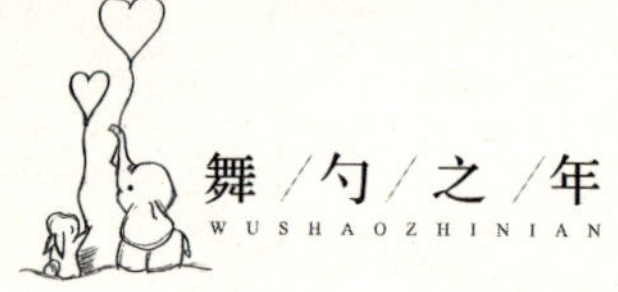

型号，满足大家需求。一台小小的打印机，一张小小的奖状，可以充分激发团队成员的荣誉感和责任感，可能成为大家珍藏一辈子的文海记忆，何乐而不为？

三、女足，文海值得拥有

也是关于运动比赛，团体的比赛应多多鼓励与支持，除去奖状，应该增加趣味奖品等，燃起大家的斗志，鼓舞士气。而不是只有重要比赛才发一点象征性礼品。而且不应该偏向某方。我曾经是文海女子足球校队成员，因为我校男足在省市各项比赛中披荆斩棘，获奖无数，女足也顺势成立了。但因为是新队，所以处在弱势，学校在比赛前并没有对我们进行与男足同等规格的标准训练，“裸赛”的我们拼尽全力，捧回了全区第五名的奖状（共有五支队伍参赛的情形我不想告诉您）。然而学校并不是继续鼓励我们加油，下次再努力赢得胜利，而是直接解散了队伍。后来我们热爱足球的两位女足成员还在放学后去操场准备自己练习，居然被霸占了三块场地的男足教练赶出（此处不针对任何一位老师）。我一直对此疑惑不解：难道我们“以文化人”的风雅文海，是一所“重男轻女”的学校吗？

四、别让地球喷泉成为雕塑

众所周知，我校中心广场有一地球状的喷泉，或许是象征着我们的“世界视野、中华情怀、钱塘底蕴、杭州气质”。但这个喷泉却只在有重要访客或重要活动时才会开启，平日却成了雕塑般的摆设。美好的喷泉，同样是我们的一大乐趣。为什么不在上学的晨间、放学的傍晚，或周五结束的时段，也将其适当开放呢？

五、不要辜负六角形的童话

上个冬季，杭州初雪。恍恍惚惚，三更雪飘已似鹅毛。白白茫茫，午后雨云竟然磅礴。一念间，日夜逝。千里白雪，尽成真。世间万物，果在一夜之间白了头。同学们兴奋地狂叫着、欢呼着、拥挤着在下课铃声中冲出了教室。一团黑气忽从办公室飘来，是强势的老师“大军”。一声声、一次次的怒吼狂轰滥炸，硬生生地，所有同学不情不愿地回到了教室。终于熬到中午，没想到学校居然在雪里喷了融雪剂，让大家无法靠近。美妙的六角形童话就这样转瞬即逝，惜哉！有没有一种更加柔性的引导，可以替代这样硬性的管教？比如由老师带领学生进行踏雪行动 ，而不是“为安全着想”抹杀大家的期盼与憧憬？这样既融洽了师生情感，又培养了对自然的热爱，岂不妙哉？“春有百花秋有月，夏有凉风冬有雪”，学会领略大自然的奇妙，难道不也是一堂重要的人生课吗？

在文海小学部的最后几个月，自是留恋不舍。穿梭校园各处，均有一箧记忆涌出。思如泉涌之感，难分难舍之叹，因而发出此信，与您一诉衷情。

此微不足道的五条建议，只是我不成熟的小想法。同是文海历历数年之人，自然希望它能更好。

此致

敬礼！

文海学子　蘅若

写于 2018 年 5 月

校园转角处

校园转角的地方，有一棵看似上了年纪的古树。久日不见而愈来模糊的轮廓反而美化，总是再也抹不去记忆中的葱郁。

闭上眼睛回忆，每一片深浅有致完美无瑕的叶子，都会忽然被洒上慷慨的阳光。随风摇摆的时候，太阳就动起来了。

春日的粉樱三棵还是四棵，就那样簇拥着古树。印象中的粉樱，永远是最美的。她分明就是千万个梦境，带着惺忪的甜蜜和微微以晨露濡湿的羽翼，降临在古树身边。我是相信的，她生来是古树的至宝。

樱花是很懂得感恩的。她将古树以其枝叶悉心养护的花瓣不时随着暖风飘落，最后馈以一条深浅正好的粉红锦绣。落在古树周围，让人一下觉察出这是樱用心的杰作。

古树看着身边的锦绣和愈显得稀疏而仍不自知的粉樱，欲言又止。他最终还是那么慈蔼地笑了一下，接纳了这份礼物。他何尝不高兴呢？

可是校园转角处的我知道，或许一直伴着古树的野草也知道……

五年是很短的。我们就这样离开了小学部。不自知地以为五年可以无穷无尽地挥霍，直到真正离别。

终于回到小学部的时候已经是冬天了。太过想念的古树和樱花，一遍一遍促使我回来。甚至想要在这座再也见不到熟悉的同学的校园里大喊一声：我回来了！

带着期许与试探，小心翼翼、熟门熟路地回到美好的校园转角处。樱花和古树，阳光和雨露……我是来确认自己曾经的痕迹啊。

冬日，我看清了那棵古树。我仿佛一刻间回到了还在小学部的日子里。他慈蔼的笑容，他缓缓的、不受风雨束缚的枝叶终日微微摇曳着。他是不完美的，但他一定就是那株古树。而枝条光溜溜的树干让我难以确认那便是曾经的樱。野草不绿了，却没有停止倾诉。刚下完雨的潮湿土地上，有曾濡湿樱花瓣的露珠——她什么也没有带去。

我就这样望着那棵屹立的树。我知道他同时也是望着我的，像是对我的离开的宽慰。记忆里的画面与之慢慢重合，又显出偏差。我不能想象自己是如何就这样忘记了他树皮的纹路，忘了叶面上虫齿形的镂空图案的面貌……野草悄悄地告诉我，古树不太放心，于是派秋叶去送行了。

校园转角处，静静的风，静静的我，静静的古树，静静的野草。

我知道，野草也知道，来年的樱花再次以露珠濡湿了羽翼降临的时候，她生来仍是古树的至宝。

因为沉默的古树或许知道，今年的樱花和来年的，究竟是不是同一株。

一起来拍电影吧

我在写作时，常常会结合那些好的电影的拍摄角度来带入场景。从黑屏的叙述到忽然出现的背影，远景跳跃到一个特写，一样看起来不经意的东西被聚焦，就会瞬间成为关注点和伏笔……其实写作文，就是以笔为镜头，用自己的角度去拍摄、构造场景。

首先，如果写作是以笔为镜头，观察、体验和感受就是必不可少的。

那么，究竟如何去观察呢?

以下举几个我真实的、为了写作而专门进行的观察：

记得春天樱花开放的时候，我会特意沿着整条的开着樱花的大街来来回回地走，在樱花树下幻想，甚至在樱花之间，伸出手捧起几片风吹落的花瓣，仿佛自己就在那些唯美的电影场景之中，画面感十足。

还有夏日的暴雨时节，为了能写出惊天动地的大雨场景，我在一个电闪雷鸣狂风暴雨的夜晚冲出门去，那种冷冰冰的雨的质感，是没有体验不可能写得出来的。

秋天学林街的叶子火红了的时候，我徘徊在街头，仔细地察看那些红红黄黄的细微差别。它们的脉络，飘落的曲线、速度，下雨时有些湿漉漉的样子和阳光下干干爽爽的样子……

除了四季景色的观察，还有对周围事物的观察。我在《中国校园文学》2018年第11期杂志上发表的文章《扯白糖》就是典型的源于观察。为了观察那个制糖的老人，我一动不动站在他的摊位前看他制作扯白糖的全过程看了两个多小时，最终还因为帮着他卖糖、收钱，差点成为那家店的一员。

不说那样特殊的，每一次我坐地铁的时候，身边坐着的人都会被我看个够。看手机的，肆无忌惮地大声打电话的，半眯着眼睡觉的……每一个人都各怀心事，都是各不相识。甚至有一次大清早坐地铁的时候，对面一位穿着破洞牛仔裤的年轻人疲劳地打着瞌睡，大概是太匆忙的缘故，没有意识到自己的腿其实是从裤子大大的破洞里伸出来的……

诸如此类，观察生活其实真的很有趣。

如前所说，生活其实就是一场电影。通过观察，在有意

无意间我们都会攒下许多的素材。当我们拥有这些素材以后，就可以开始尝试用电影的方式表现生活了。现在让我们来看看如何用电影的方式来表现生活吧：

举个例子，鲁迅笔下那两棵“很有个性的枣树”想必大家都很熟悉：

在我的后园，可以看见墙外有两株树，一株是枣树，还有一株也是枣树。

——鲁迅《秋夜》

为什么鲁迅要这样写枣树呢？

“官方应试型”的分析会告诉我们：这是运用反复的修辞来使读者产生深刻的印象，这样的分析做阅读题当然是标准答案，但是如果作为真正对文章的理解，还是令人感觉难以下咽。当然，我们今天要说的不是“系统答题方式”。

在我看来，这段对枣树的描写就是一个慢镜头，从一棵枣树慢慢挪移到另一棵枣树。

所以那个缓慢的镜头过后便是：

“这上面的天空，奇怪而高，我生平没有见过这样的奇怪而高的天空。他仿佛要离开人间而去，使人们仰面不再看见。”

这里就仿佛是电影的聚焦和模糊：开始时，背景是模糊的，只有两棵枣树逐一清晰。然后忽然之间，枣树的身影模糊，那一片天空意料之外的清晰吸引了所有观者的注意力。这样想一想，脑中有没有出现生动的电影场景？

其实这样“高级”的电影手法离我们并不遥远，甚至有时如果耐心观察，专心体验，每一个生活的细节都会成为自己独一无二的电影场景。你的眼神视觉加以美化，就会成为脑中的“好莱坞大片”。

在爱好写作的前提下，我的生活常常不经意间成为了脑中的小剧场，旁白和背景音乐都会活灵活现。总有人说没有时间练习写作，但其实只要用这样的方式，就可以高效率高强度地训练自己的写作了。

写文章像拍电影，还是需要足够的硬功夫的。而写作的硬功夫，就是足够的文章构造力和文笔。它的由来，其实主要不是拼命写、死命写，而是读书所得。当然这里的读书不是什么书都可以、怎么读都可以的。

所谓的阅读，也是有很多种类的。如果是真正想汲取其中营养的认真阅读，才有可能有真实的收获。真正的阅读，不在于多少，不在于笔记和摘录多么认真，首先心思在书里。

然后不能只跟着情节一波三折地心怦怦直跳，还要思考：这里为什么会给人带来紧张的氛围？那里为什么自然而然地让人有舒适的感觉？画面感是怎么建立的？这个作家和那个作家写同一件事时有什么不同？……

当你在读书时脑中一直保持这样高强度的训练，熟能生巧，渐渐就掌握文章的真谛了。

如果真正做到这样去读书，让自己完全沉醉于书中，杜绝看完随手一扔就连讲什么都不知道，一段时间以后就再也不用说“读了那么多书也没什么效果”这种话了。

读书最重要的不是讲究效率，而是讲究收获。

写作还有一个很重要的精髓：大胆。敢写，敢说，千万不能因为不知观点对错而畏畏缩缩，像鲁迅那样的大家，都是最有胆量去抨击、去挥洒的。在日常的写作中，敢于发现、敢于创造，是写作最需要的因素。

如果你也和我一样热爱写作，那就让我们一起来拍电影吧！

Author's Notes

这是语文老师布置的任务，让我在班里做一次演讲，谈谈写作的体会，我欣然接受。尽管自己也常常遭遇无从下笔的困境，但从写作中获得的乐趣，这份因着笔下的表达而带来的小确幸，我很愿意分享给大家，愿更多的同学能摆脱作文的痛苦，体验并享受写作带来的幸福感。

后记

梦想的引火线

翻看自己的朋友圈，被一条消息吸引了注意力。

2018 年 2 月 1 日，下午 2 点 36 分。在那个午后，一个心怀憧憬的女孩真正意义上开启了写作的道路。看得见的星辰、烟火、孔明灯就此点亮。一个专属于女孩自己的微信公众号诞生了。

雪地间那串串的脚印，映射出万千六角形的童话，闪烁在白色笼罩的世界。所有那一点一点的期许凝聚成的梦，造就的是一个女孩成长的方向。

一个人生来，能走的路很多。但能走到尽头的，一条或许就足够了。这条路并不一定能走向永远，但是它在我现在的心里，至少是现在，是被照耀的。

我看见早春的梅，看见玉兰花的古楼，看见晚春娴静且浪漫的樱。夏日的村野和萤火，来去匆匆的凉雨。秋天微微悲凉的黄叶和流星，以及那最近处随手可及的，六角形的童话……

那只没有翅膀而翱翔于天际的无翅鸟，终于守望到家人的无影无踪的雪人，春运归家的向往，那个刻苦的“小舞蹈家”，江南水乡那慢悠悠扯着白糖的老爷爷，穿越时光追寻历史的足迹的小志愿者，“执笔走天涯”的金大侠……

还有最后那个学习写作的我。这一切的一切，竟都难以置信地发生在一年的时间里。这一年，真正漫长又着实短暂。它对于我的意义之重大，是不可言喻的。

回首，是一生所执着的。出书之际的我回首这段历程——

有这么多支持我、鼓励我的人，我是何等幸运。

蘅若

2019 年 3 月写于杭州钱塘江畔

后序

一起穿越时光

梓蘅的第一本书即将出版了。

梓蘅是2006年圣诞节那天出生的，她出生一个星期不到，我就不得已坐上绿皮火车去北京。那时候还没有通高铁，交通不甚便利，一路要经历17个小时的颠簸，记得那一天踏上列车，新年的钟声刚刚敲响，心底里的思念和牵挂就已然像野草般的疯长开来。

一个多月大的时候，我给她开通了一个博客记录她最开始的一段成长，BLOG名曰：梓里的蘅草，梓里是故乡的意思，故乡在长江南岸，江岸边有沉舟侧畔，有渔舟唱晚，有荻浦归帆，也有芦苇芜草迎风而生……《诗经》里说：梓是父母亲手种下的树木；《楚辞》中云：蘅是象征人品高洁的香草。可用之木与美丽之草，梓蘅的名字，由此而来。

"梓里的蘅草"博客里一共有二十七篇文字，记录了很多的第一次，第一个初春，第一场冬雪，第一次游泳，第一次理发，第一次长牙，第一次过生日……

一直记录到三岁那一年，最后一篇是《去爸爸妈妈学校春游记》，后来因为我和梓蘅妈妈工作变动，我们举家迁往杭州定居，三岁前生活的地方成为了梓蘅的故乡。正如在这本书的《回家，回家》这一篇文字的最后，梓蘅写道：

最早的时候，我还不知道什么是"离开家乡"。第一次举家迁往杭州的我，没有不舍，甚至瞬间被新家门前临时的淘气堡给收买了。但我并不是不怀念家乡。折腾半天把家具弄齐整后，我望着渐沉的天色，对妈妈说：

"我们回家吧！"

我怎么会知道，就从那时起，家，就成了故乡。

在故乡的那段生活，其实是梓蘅孩时最幸福的时光，对于我们每一个人来说，谁又不是呢？童年故乡，总是有千般美万般好的。

来杭州后的生活，安静且从容，她在我们的陪伴下一天天成长，学钢琴学舞蹈学画画学唱歌，不知从什么时候开始，她喜欢上了阅读，捧起一本书，能安静许久，沉浸在其中，阅读是无限的，读物也很驳杂，古今中外的都有，识字也越来越多，这也奠定了她后来热爱写作的基础。

我和梓蘅妈妈特别喜欢她安安静静读书的样子，大多数时候，梓蘅性情温顺，情感丰富，安静的时候像一只温顺的考拉，当然，偶尔也喜欢像考拉那样发发呆，在花丛里、在树梢下，她发呆的样子我有时会悄悄拿相机记录下来，据她自己说，发呆的时候其实是思绪万千如潮涌，满怀着憧憬的。正如《一起来拍电影吧》这一篇文字里，梓蘅写道：

甚至有时如果耐心观察，专心体验，每一个生活的细节都会成为自己独一无二的电影场景。你的大脑加以美化，就会成为脑中的“好莱坞大片”。

在爱好写作的前提下，我的生活常常不经意间成为了脑中的小剧场，旁白和背景音乐都会活灵活现……

2018 年 2 月 1 日的那个午后，梓蘅个人专属的微信公众号“蘅若爱写作”诞生了，一个心怀憧憬的女孩真正意义上开启了写作的道路。

当然写作总是来源于生活的，这本书一共收录了梓蘅在这一年中创作的三十余篇文字，从冬到春，从夏至秋，这一年的写作几乎不曾间断过。

这些作品，多是用细微的笔触去描绘她在生活中观察到的点滴，她试图用她的文字把一幅幅画面呈现在我们面前，有可能就是我们身边悄然发生的一些变化，天上的云朵、飞鸟，地上的草丛，随风飞舞的花瓣，她非常的仔细，她一直在观察这些细微之处，并且把这种持久的观察沉淀下来，她就像是一个采蘑菇的小姑娘，无时无刻不在采集着这些信息，然后把这些信息收集到她的篮子里，等着某一天，某一只篮子里集满了蘑菇，或是一场大雨之后一次生长出足够的蘑菇，她的作品也就诞生了。

比如她要写一场雨，她会把她之前，曾经收集过的那些信息，所有对于下雨的感受，一场滂沱的大雨啊，和风细雨啊，或是电闪雷鸣的雨景，她一下子就把一幅空白画卷打开了，然后像是泼墨一般，把她对于雨中雨景的感触一下子挥洒而出，纵情恣肆，一气呵成。

她观察的东西其实非常普通，但是她的观察又是异于常人的。她的观察非常的贴近生活，就在我们眼皮子底下发生，但是我们往往疏于观察，或是容易忽略。

我们没有她那么专注，那么仔细，她一直拿着一柄放大镜，甚至是显微镜，在放大她周围的生活，她接触过的那些事物，

她能把这些记录下来，我觉得这是她的一个优点，也可以称之为她的一种风格，写景也好，状物也好，有的时候，她想用她自己的方式去讲述，她的方式和我们的方式又是不一样的。

在我的眼里，她就像一只文静又高雅的松狮犬，松狮犬很聪明但不容易驯服，情感丰富，性格独特，非常独立，本性里是以自我为中心的。写作中的蘅若是一只松狮犬。比如，我说我对路边的小花是什么看法，她会认真倾听，但她不认同你的想法，至少不是完全的认同，她有自己的想法，她是愿意倾听的，这也是她的一个特点，有的时候，她愿意和你交流她的想法是什么。

她也会问你对这一场大雨是怎么看的，但她拿起笔来记录时，她对于突遇一场大雨的感受，实际上又是排斥你的想法的，她用她自己的想法来述说，来讲述她自己的真切感受。

记得有一次我和梓蘅探讨虚构中的真实，她的想法让我惊叹：

她说事实非等于真相，事实和真相其实又都是真实的。没有绝对的真实，只有真实创造的真实，对于真实，世界上有非常多种理解，你所谓的真实在他人眼里不一定是真实的，别人所谓的真实在你眼里也不一定是真实的或是虚假的，每个人追求的真实并不一样，所以世界上会存在非常多种真实。

总之，她给我的感觉，她是一个生活的观察者、记录者。当然，她还需要更多的观察，去放开眼界，去放眼望去，望向更远的地方，全中国，全世界，太空，甚至脱离了地心的引力，甚至外太空。

她需要对更多细微的东西去慢慢观察，有时候是满满的沉淀，就好像她去过无数次西湖，但她没有写过一篇她对于西湖的感触，但是我恰恰认为，她会在某一天释放出来，当她某一天，突然，她愿意拿起笔来，把她的采蘑菇的小篮子打开的时候，把她的显微镜放大镜全部都拿出来的时候，或许，她会写出一个不一样的西湖。

大概就是这样。

我觉得她的作品有一种吸引力，吸引着我，我是用一种试图理解她的角度，跟紧她的万千思绪，和她一起憧憬，一起穿越时光。祝愿她将来会有更多的作品，以及越来越多能认同并且欣赏她作品的人。

每次“蘅若爱写作”公众号有更新时，总有一个署名“米唐”的读者第一个发来留言，几乎不曾间断过。而今，梓蘅的第一本书即将出版，米唐的留言自然也就写得长了一些，是为后序。

爱留言的米唐